義兄がヤンデレ王太子になってどこまでも追いかけてきます

すずね凜

Vanilla文庫

義兄がヤンデレ王太子になってどこまでも追いかけてきます

contents

イラスト／氷堂れん

序章

グッドフェロー王国の公爵令嬢クリスティーン・アーノルドは、隣国・フェリス王国のヘンリー第二王子との婚約の儀のために、今まさに屋敷を出立しようとしていた。

アーノルド公爵家の屋敷の前には、フェリス王国からの迎えの馬車が停まっている。そこでは家族一同が勢揃《ぞろ》いで、クリスティーンを見送っていた。

「お父様、お母様、行ってまいります」

クリスティーンは、慎み深く両親に挨拶をする。

芳紀《ほうき》まさに十八歳。艶やかな栗《くり》色の髪、ぱっちりとした緑色の瞳、色白でお人形のように整った清楚《せいそ》な美貌。襟元からスカートの裾まで繊細なレースに縁取られた薄紅色のドレスがよく似合う。

それから彼女は、両親の側に立つ長身の青年に顔を向けた。

「イライアス、行ってまいります」

三歳年上で金髪碧眼《へきがん》の端整な容姿のイライアスは、長いまつ毛を伏せてひどく悲しげな表情で答える。

「無事に行っておいで、私の可愛いクリス。少し顔色が悪いようだけど、いつもの頭痛かい？」

『私の可愛いクリス』は、イライアスの口癖だ。その言葉を聞くと、クリスティーンは泣きそうになってしまう。しかし、あえて笑顔を作る。

「頭痛はたいしたことないわ。大丈夫よ、イライアス」

本当は隣国にお嫁になど行きたくない。

心から愛しているのはイライアスだけだ。

だって二人は兄妹のように育ったが、血は繋《つな》がっていない。

クリスティーンは初めてイライアスに出会った日のことを、昨日のことのように覚えている。


アーノルド家には、クリスティーン以外に子どもができなかった。よその家では複数の子どもがいるのが普通だったので、幼いクリスティーンは、よく無邪気に両親におねだりしたものだ。

「ねえ、お父様、お母様、私も兄妹が欲しいわ」

するとなぜか両親は少し悲しい顔をして、

「いつかね、いつかきっとね」「我が家は、クリスティーン一人でも充分幸せだよ」

などと言い聞かせられていたのだ。そして、そのいつかはなかなか来ないままだった。

あれは、クリスティーンが七歳になる頃だ。

ある日突然、父のアーノルド公爵が屋敷に一人の少年を連れてきたのだ。

クリスティーンは植物の世話が大好きで、その日も屋敷の庭の花にジョウロで水をやっていた。なぜかもの心がついた時から、植物や農作物に心惹《ひ》かれてやまないのだ。

「クリスティーン、ちょっといいかい？」

背後からアーノルド公爵がふいに声をかけてきた。

「はい、お父様」

振り返ったクリスティーンは、一瞬心臓が止まるかと思った。

アーノルド公爵の側には、背の高い少年が佇《たたず》んでいた。さらさらとした金髪に憂いを含んだ青い瞳、完璧に整った美貌――。天使が舞い降りてきたのかと思った。

アーノルド公爵は少年を促し、棒立ちになっているクリスティーンに近づいてきた。

「彼はイライアス、今日から我がアーノルド家の一員になるのだよ。今年十歳になる。兄だと思って、仲良くしておくれ。イライアス、娘のクリスティーンだよ。挨拶をしなさい」

イライアスは少し硬い表情で言う。

「初めまして――」

クリスティーンはにっこりしてイライアスの両手を握る。

「初めまして、イライアス。私ね、ずっと兄妹がいたらいいなあと思っていたのよ。そうしたら、素敵なお兄様が現れたわ。すごく嬉《うれ》しい、よろしくね」

ニコニコとイライアスを見上げると、彼は表情を緩めて静かな笑みを浮かべた。美しい笑顔に、クリスティーンの小さな胸はドキドキが止まらない。

「よろしく、クリスティーン――クリスって呼んでもいいかい？」

クリスティーンは声を弾ませる。

「もちろんよ、お兄様」

二人は初々《ういうい》しく頬を染めて見つめ合った。

あの日から、二人は愛情深いアーノルド公爵夫妻のもとで、ほんとうの兄妹のように仲良く育ったのだ。イライアスは誰よりもクリスティーンのことを慈しみ大事にしてくれて、常に忠実な騎士のように守ってくれた。彼は文武に秀で、年毎に背が伸び凜々《りり》しさが増し、その美少年ぶりに磨きがかかった。

イライアスには抜きん出た品格が具《そな》わっていた。両親はなにも教えてくれないが、イライアスはとても高貴な生まれなのではないか、とクリスティーンは感じていた。

クリスティーンは、いつしかイライアスを一人の男性として慕うようになっていた。

けれど、「私の可愛いクリス」と呼び慣らわして実の兄のように接してくれる彼に対して、心の内を見せることはできなかった。もし、自分のやましい想いをイライアスが知ったら、引かれてしまい、距離を置かれるに違いない。それくらいなら、仲良し兄妹として振る舞うほうがずっといい。

だが互いに成長し年頃になり、いつまでも幼年時代のような密接な関係を保つことは難しくなった。特に、妙齢の乙女になったクリスティーンには、降るように縁談が持ち込まれるようになる。イライアスを愛しているクリスティーンは、なんやかやと理由をつけては縁談を断っていた。

しかし十八歳になろうというある日、クリスティーンに王命として隣国の第二王子のもとへ嫁ぐようにというお達しが来る。

国王の命令ではさすがに断れなかった。国土が貧しくて作物の収穫量が不足しているグッドフェロー王国は、隣国フェリスからの食料の輸入に頼ることが多かった。そのため、国王はもっと隣国との結びつきを強めたかった。

そこで国王は名家アーノルド公爵家の令嬢クリスティーンに、白羽の矢を立てた。フェリス王国の第二王子ヘンリーとの政略結婚を命じたのである。それにこの結婚は、アーノルド公爵家にとっても名誉なことだ。隣国の王家と血縁関係になるのだから。

クリスティーンは涙を呑《の》んでこの結婚を受け入れた。

当初、イライアスはこの結婚に猛反対した。イライアスは両親にしきりに訴えた。

「大事なクリスが、異国に一人嫁ぐなんてあまりに不憫《ふびん》です。なんとかして断れないのですか?」

しかし、王命には逆らえない。両親でもいかんともしがたいことだ。クリスティーンはイライアスに心配をかけまいと、笑顔で言いきった。

「イライアス、私なら大丈夫。お国のためと、アーノルド公爵家のために、喜んで嫁ぎます」

イライアスは悲痛な面持ちで言った。

「私の可愛いクリス。君の強い覚悟はなんて立派なんだろう。ああ私が騎士ならば、君の護衛としてフェリス王国についていくのに」

イライアスの心のこもった言葉はクリスティーンの胸に響いた。こんなにも大事に思ってくれるイライアスの気持ちは、永遠に忘れないだろう。

こうしてクリスティーンの婚約の儀は整った。

この日、初めてフェリス王国に出向きヘンリー第二王子と正式に婚約をすることになったのだ。

お供の侍女と共に迎えの馬車に乗り込むと、クリスティーンは窓から身を乗り出すようにして、家族に手を振った。

「お父様、お母様、行ってきます。イライアス、行ってきます」

馬車が走り出すと、イライアスが手を振りながら追いかけてきた。

「私の可愛いクリス、どうか幸せにおなり、必ず幸せに――」

「イライアス……！」

クリスティーンはイライアスとの別れが辛くて、涙が込み上げてきた。馬車の速度が上がり、みるみるイライアスの姿が遠ざかる。クリスティーンはイライアスが見えなくなるまで、手を振り続けていた。

フェリス王国までは馬車で三日の道のりだった。

クリスティーンはひどく気が塞いでいた。

子どもの頃から頭痛持ちであった。ここ数年は、頭痛が起こった時に、夢で見たことのない景色をたびたび見るようになっていた。そういう時、イライアスが側にいると痛みが和らいだ。逆に、彼が不在だと余計に痛みが増す。彼と遠く離れて三日しかたっていないのに、頭痛や不思議な夢に頻繁に悩まされているのだ。

イライアスとの別れがこんなにも辛いものだとは――身をもって知った。

（だめだめ、気持ちを切り替えよう。ヘンリー王子様の妻になるって決めたのだもの。夫を愛するように努めなくてはいけないわ）

相手のヘンリー第二王子に関しては、肖像画といくらかの手紙のやり取りでしか馴染《なじ》みがない。結婚は決定事項なので、わざわざ顔を合わせて親交を深める必要もないと、フェリス王国側から言ってきたのだ。婚約の儀が初顔合わせになる。不安と期待が胸の中を交差した。

国境を越えたところにあるフェリス王家の別宅で、婚約の儀を交わすことになっていた。ようよう別宅に到着した、第二王子の婚約者だというのに、出迎えたのは数名の侍従のみだ。随分とぞんざいな扱いだ。その侍従たちに案内され、ヘンリー第二王子が待ち受けている応接室に向かった。

扉の前で、侍従の一人が中に声をかける。

「ヘンリー殿下、クリスティーン・アーノルド公爵令嬢のご到着でございます」

「うむ、入れ」

内側から、男にしてはキンキンした声が答えた。

侍従が扉を開き、クリスティーンを招き入れる。

「どうぞ、ご令嬢」

クリスティーンは深呼吸してから、ゆっくりと部屋の中に足を踏み入れた。

キンキラの華美なしつらえの応接室のソファの上に、ヘンリー第二王子がしどけなく寝そべっていた。婚約の儀を行うというのに、はだけたシャツにトラウザーズ一枚というだらしない服装だ。側のテーブルに、酒瓶やグラスが散乱している。ヘンリー第二王子は、肖像画よりも随分と太っていて髪も薄い。クリスティーンは気持ちを立て直し、扉の前で恭しく一礼した。

「初めまして、殿下にあられましてはご機嫌麗しく――」

ヘンリー第二王子は、酒で赤くなった顔を振り向ける。

「なんだ、十八と聞いていたが、そなたはまだ少女みたいな体型だな」

彼はぶしつけな視線でクリスティーンをじろじろ眺めた。

「私はブロンドでグラマーな女性が好みだ」

「あの……」

身分が上とはいえ、あまりに失礼な態度にクリスティーンは返答に詰まる。

「そうなの。殿下は私のような女性がお好きなのですわ」

ふいに部屋の奥から艶めいた女の声がしたかと思うと、身体にぴったり張りつくようなドレスに身を包んだ肉感的なブロンド美人が現れた。彼女はそのまま、ヘンリー第二王子の側に寄りそうようにソファに腰を下ろした。そしてヘンリー第二王子にしなだれかかって、妖艶に微笑《ほほえ》む。

「私はハリソン伯爵家のマルグリットといいます。申し訳ないわね、ご令嬢。殿下は私をお選びになったのよ」

「――!?」

状況がまったく理解できず、クリスティーンは目を瞠《みは》った。

ヘンリー第二王子はマルグリットの腰を抱き寄せながら、ぞんざいに言った。

「すまぬな、ご令嬢。どうやら知らせが行き違いになったようだ。そなたとの婚約はなしにさせてもらった。わざわざ足を運ばせて悪かったな。もう国に帰っていいぞ」

「!!」

信じがたい理不尽な事態に、クリスティーンは唖然《あぜん》としてしまう。

「ど、どういうことですか？」

わなわなと唇が震える。

ヘンリー第二王子は面倒くさそうに答えた。

「どうもこうも、私は先日舞踏会でこのマルグリットを、ひと目で気に入ったんだ。私たちはすでに、男女の関係も結んでいる」

マルグリットはヘンリー第二王子の頬にちゅっちゅっと口づけしながら、勝ち誇ったような顔でこちらを見た。

「そういうことなので、どうぞ、お引き取りあそばせ」

クリスティーンは後頭部を鈍器で殴られたような衝撃を受けた。こんな屈辱があるだろうか。意を決して異国までやってきたというのに。厄介者のように追い払われるなんて。

その瞬間、クリスティーンの頭に激痛が走った。頭が割れるようだ。

「っ――」

クリスティーンはその場にうずくまって、頭を押さえた。

ヘンリー第二王子は情け容赦なく言う。

「なんだ、泣いても無駄だぞ。グッドフェロー国王にはそれ相当の違約金を支払うと言っておいたので、問題ない。とにかくこの婚約は破棄だ。わかったら、さっさと出て行ってくれ」

「う……」

突然、クリスティーンの頭の中に、ヘンリー第二王子の未来図がよぎった。なぜ、そんなものが頭に閃《ひら》めいたのか、わからない。だが確かにわかったのだ。

クリスティーンはふらふらと立ち上がった。そして、言い放った。

「殿下は将来、その女性に浮気されお別れになります。そしてその後も、女性運に恵まれず、不幸な結婚生活を送られるでしょう」

ヘンリー第二王子とマルグリットは、ぽかんとしてクリスティーンを見た。なにを言っているのかという顔だ。

クリスティーンは凛として顎を引いた。そして優美に一礼してみせる。

「婚約解消、承りました。では失礼します」

くるりと踵《きびす》を返すと、さっさと部屋を出た。廊下で待機していたお付きの侍女が、目を丸くする。

「お嬢様、どうなされたのです?」

「婚約は解消になりました。国に帰ります」

「えっ? あ、お待ちを――」

そのまま玄関口に向かうクリスティーンのあとを、侍女が慌てて追いかける。

クリスティーンの胸の中は怒りで嵐のように荒れくるっていた。

なんという辱めだろう――しかし反面、心からほっとしている自分がいる。もともと、まったく気の進まない政略結婚話だった。あんな不実な男と結婚しなくてよかったのだ。これで、愛しいイライアスのもとに帰れる。

一刻も早く国に戻ろう。

「扉を開けなさい」

玄関扉の前にいた侍従に強い声で命じると、彼はクリスティーンの迫力に気押されて慌てて扉を開いた。そのまま勢いよく外に飛び出す。が、急いで玄関階段を下りようとして、足を踏み外してしまった。

「きゃあっ」

ふわりと身体が宙に浮き、そのまま真っ逆さまに転げ落ちた。階段に打ち当たって、全身に激痛が走った。

（イライアス――！）
心の中で名前を呼ぶのと、意識を失うのとがほぼ同時だった。

第一章　未来を知り、愛しい人は国王になる？

「かくして、偉大なるイライアス国王のもと、グッドフェロー王国は繁栄の一途を辿《たど》ったのである」

　もうすぐ十八歳になるその少女は、納屋の隅で『英雄王イライアス』の偉人伝本を読み耽《ふけ》っていた。

　これを読むのは何度目だろう。

　子沢山で貧しい農家に生まれた少女は、朝から晩まで畑仕事や炊事子守にと働き詰めである。おしゃれにも恋にも縁がない。唯一の心の慰めは、街の図書室で借りてきた『英雄王イライアス』の伝記を読むことだった。

　二百年前にこの国の王となったイライアス。彼は国王の落とし胤《だね》であり、密かに別宅で育てられた。後継である兄王太子が事故死し、二十三歳で王家に迎えられた。にわかに王家に入ってきたイライアスに対し、臣下から様々な嫌がらせが起こるが、彼はそれをことごとく知恵と勇気で乗りきる。やがて国王となった彼は、優れた指導で国の大飢饉《だいききん》を救った。痩せた国土でも育てやすいジャガイモを発見し、全国に広めたのだ。彼は生涯独身で、国を豊かにするため、国政に身を捧《ささ》げた。心から愛した女性がいたらしいが結ばれず、その女性に終生の愛を捧げたという。現在のグッドフェロー王国の繁栄の礎は、イライアスが築いた。眉目秀麗で高潔な王は、のちの人々から『英雄王イライアス』として讃《たた》えられている。

「なんて素敵な王様なのかしら」

少女はうっとりと、表紙のイライアスの肖像画を見つめる。この世のものとも思えない美麗な姿だ。少女はずっとイライアスに恋していた。無論、二百年前の人物にいくら恋しても気持ちが届くことなどありえない。でも、この熱い想いだけが、少女の生きがいであった。

「あ、そろそろ市場に買い物に行かなきゃ。それに、この本の貸出期限が今日までだったわ」

慌てて立ち上がり、薄汚れたエプロンのポケットに大事に本を仕舞うと、急ぎ足で市場に向かった。大通りに出ると、行き交う人々や馬車でひどくごった返している。少女は人混みをかき分けるようにして進んでいたが、一人の体格のいい男性に正面衝突してしまった。

「あっ」

はね飛ばされて道端に転んでしまう。

「小娘、気をつけろっ」

ぶつかった男は悪態をついて、そのまま立ち去っていく。起き上がろうとしてハッと気がつくと、ポケットの中の本が車道に転げ落ちていた。

「いけないっ」

慌てて車道に飛び出し、本を拾い上げた。直後、

「危ないっ！」

誰かの叫び声が聞こえ、顔を上げると目の前に大きな荷馬車が迫っていた。御者が慌てて手綱を引くと、馬が驚いて後ろ脚で立ち上がった。ぐらりと荷馬車が傾き、満載のジャガイモがどっと少女の上に雪崩《なだれ》落ちてきた。

「ああっ」

少女はぎゅっと本を抱きかかえた。ジャガイモが土砂のように少女に降りかかり、生き埋めになった。息ができなくなり、意識が薄れていく。

（ああ……私、死ぬんだわ。こんなところで……）

少女は自分の味気ない短い人生を嘆いた。だが唯一、『英雄王イライアス』の本と一緒に死を迎えることができたのだけは、幸いであった。

（イライアス陛下……好き……です……）

刹那、真っ暗になりなにもわからなくなった。

すうっと、意識だけが漆黒の闇に吸い込まれていく。

（ああ、なんだろう――どこに飛んでいくんだろう）

意識だけになった少女はぼんやり考える。

『イライアス、大好きよ』

どこかで知らない誰かが、強くイライアスを想っている。と、闇の中に一点、かすかな光が見えてきた。意識はそこへ向かってまっすぐに飛んでいく。

ぼんやりと、美しい乙女が眠っている姿が現れた。

そして、少女の思念と記憶はその乙女の脳内に吸い込まれていった――。


「――イライアス陛下、好きです――」

クリスティーンは悲鳴を上げて、ぱっと目を開けた。

「クリスティーン！　気がついたのかい？」

イライアスが心配そうに見下ろしている。彼はしっかりとクリスティーンの手を握っていた。

「あ……私、どうしたの？」

クリスティーンの質問に、イライアスは目を潤ませて答える。

「君はフェリス王国で階段から転落して、意識不明のまま帰国したんだ。私は生きた心地がしなかったぞ。目を覚ましてくれてほんとうによかった」

クリスティーンはぼんやりと周囲を見回す。どうやら、アーノルド公爵家の屋敷の、自分の部屋のベッドの上にいるらしい。気遣わしげに顔を覗《のぞ》き込んでいる両親の姿もあった。

アーノルド公爵が声を震わせる。

「ああ愛しい娘、クリスティーン。婚約破棄の事情はすべて聞いた。そんな不誠実な相手だとも知らず、お前を嫁がせようとしてすまなかった。国王陛下もお前に詫《わ》びておられた。どうやらヘンリー第二王子殿下は、そうとう女性癖がお悪い方らしい。どうか許しておくれ」

「もういいの、お父様」

今のクリスティーンには、ヘンリー第二王子の先の人生がわかっていた。頭の中で先ほどの夢のことを反芻《はんすう》した。どういうわけか、二百年後の未来に生きた少女の思念と記憶が、自分の中に入っていたのだ。これまでは、頭痛が起こるたびに断片的に思い出すだけで、なんのことだか意味がわからなかった。

しかし、今、はっきりと少女の記憶のすべてが思い出せた。

そんなことがあるのだろうか。呆然《ぼうぜん》としてしまう。

母はクリスティーンの頭をそっと抱き、涙ながらに言う。

「クリスティーン、どんなに辛かったでしょう。しばらくは家でゆっくり養生しましょうね」

「イライアス、お父様、お母様……」

愛する人々に囲まれ、クリスティーンはやっと気持ちが落ち着いてきた。

「我が家に帰ってこられて、ほんとうに嬉しいわ」

イライアスが端整な顔を寄せて、クリスティーンの頬に優しく口づけた。

「ゆっくりおやすみ。私がずっと側にいるからね。安心おし、可愛い私のクリス」

深く艶のあるイライアスの声を耳元で聞くと、クリスティーンは心臓が高鳴った。

「ありがとう。もう少し、休むわね、イライアス」

「うん、そうするといい」

目を閉じたクリスティーンは、二百年後のこの国に生きていた貧しい少女の記憶を辿る。

彼女は『英雄王イライアス』のことを、心から慕い崇拝していたようだ。同じ男性を思慕していることで少女の記憶が時を遡り、クリスティーンの中に取り込まれてしまったのか。

(でも待って——まさかイライアスが国王になるなんて、そんなことあるのかしら)

同名の別の人物ではないことは、未来の偉人伝の表紙にあったイライアス国王の肖像画が、現在のイライアスに瓜《うり》二つであることでわかっていた。偉人伝で描かれていたように、イライアスは国王陛下のご落胤《らくいん》だというのだろうか。アーノルド公爵はこれまで、イライアスがこの屋敷に来るまでの経緯を語ったことはない。イライアス自身も、幼少時代の思い出を口にしたがらなかった。

イライアスの出自はわからないが、彼には抜きん出た気品と威厳が具わっている。もしかしたらほんとうに、王家の血筋なのかもしれない。

(それでもいいわ。私はもう、どこにもお嫁になんかいかないと決めたわ。残りの人生は、妹としてでも構わないから、イライアスを支え、彼のために尽くそう)

そう強く決意したのである。

ほどなく、クリスティーンの容体は回復した。

身辺が落ち着くと、クリスティーンは両親に訴えた。

「婚約破棄の汚名を着せられた私には、もうよい結婚話は来ないでしょう。私はずっとこのお屋敷で暮らしたいの。お父様、お母様、どうかお願いします」

クリスティーンを辛い目に遭わせたという負い目のある両親は、願いを受け入れた。高貴な家では、病気やその他の事情で実家暮らしをする令嬢はままいたのである。

クリスティーンの独身宣言を、イライアスはひどく好意的に受け取った。

「私の可愛いクリスが、つまらない男と結婚して人生を台無しにするくらいなら、この屋敷にいるほうがずっといい。私がおまえをずっと守ってやる」

「嬉しい、イライアス。あなたが結婚するまでは、兄妹仲良く暮らしましょうね」

クリスティーンが声を弾ませると、イライアスは少し表情を硬くした。

「クリス以上に美しくて優しくて可愛い女性など、この世にいない。私も独身を貫く」

「な、なにを言っているの！　あなたはいつかアーノルド家を継ぐ人なのよ。いつかは結婚して後継を作る必要があってよ」

ほんとうは彼の言葉に内心胸が躍ったが、それを押し隠し戒めた。あまりに仲良くしすぎて、イライアスは妹コンプレックスを拗《こじ》らせてしまっているようだ。それもいつかは、意中の女性が現れれば解消するだろう。とても寂しいことだが、イライアスが幸せになるのなら、クリスティーンはどんなことでも受け入れる覚悟をしていた。

「そんな話より、庭に新種の林檎《りんご》の木が植わったんだ。一緒に見に行かないか」

イライアスは結婚の話を逸らすように、微笑みながら手を差し出した。

「まあ、新種？　楽しみだわ、早く見に行きましょう」

クリスティーンは心が弾んだ。もの心がついた時から、植物に強く興味を惹かれ世話をするのが大好きだったが、今となるとそれは未来の農家の娘の記憶のせいだったのかもしれない。

イライアスと手を取り合って庭に出ると、ちょうど庭師が植えたばかりの林檎の木に水をやっているところだった。

「これはお二人お揃いで。今度の木は甘い実がなると評判ですよ」

庭師の言葉に、クリスティーンは林檎の木を見遣った。グッドフェロー王国は土壌に恵まれず、農産物の育ちが悪い。果物も甘味が乏しい。林檎など酸っぱすぎて、砂糖で煮て食べているくらいだった。

「この林檎の木は、リトルレッドね。小さい実がなる種類だわ」

庭師が目を丸くした。

「お嬢様、よくご存知ですね」

それは未来の農家の少女の記憶が蘇《よみがえ》ったせいだとは、口に出せない。この国の農作物が改良され収穫が格段に伸びるのは、『英雄王イライアス』の統治が始まってからなのだ。

「あ、あのね、北方にビッグノースという大きな実ができる林檎の木があると聞いているわ。でも大味で美味《おい》しくないんですって。その木とこの木をかけ合わせて、甘くて大きな林檎がなる木を育成したらどうかしら?」

「クリス、君ってほんとうに植物に詳しいんだね」

イライアスが感心したように言う。クリスティーンは顔を赤くする。

「いえ、言ってみただけだから……」

「いいじゃないか。試してみる価値はある。早急にビッグノースの苗木を手に入れ、うちの農園で改良させてみよう。もしそれがうまくいけば、アーノルドの領地の農家に広めよう。みんなが美味しい林檎を口にできるようになるんだ。素晴らしいじゃないか」

イライアスが目を輝かせる。

その端整な横顔を見つめながら、クリスティーンはふと思う。こんなふうに大局的な思考を巡らすイライアスには、やはり王としての資質が存分に具わっている。

(もし、未来の史実通りになるのなら、その時には私は笑ってイライアスを送り出そう。だって彼はこの国を救う『英雄王』なのだから——)

ほろ苦い想いを、クリスティーンは嚙《か》みしめていた。

——それからの二年は、クリスティーンにとって人生で一番平穏な時間だった。

イライアスとクリスティーンは、兄妹としていっそう仲良く暮らした。農家の娘の記憶があるクリスティーンは、イライアスと一緒に率先して領地の農地を視察し、畑作りの助言をしたり作業を手伝ったりした。二百年先の世界と比べると、この国の農業はひどく遅れている。不作が続き、毎年飢え死にする人があとを絶たない状況だ。未来では、貧しい農家の生まれだった少女でも、食べ物に困るということはなかったのに。

クリスティーンとイライアスは、時間があればこの国の未来について語り合った。

「グッドフェロー王国にも、なにか特産品があればいいわね」

「そうだな、貧しい土壌でも育成できる農作物の改良が、必須かもしれないね。この国の未来のために」

(イライアス、あなたがいつか国を救うのよ)

クリスティーンは少女が夢中になって読んだ偉人伝の内容を思い返しながら、心の奥でイライアスに呼びかけていた。

一方で、年頃の立派な青年に成長したイライアスに、両親は家柄も容姿も申し分ない令嬢との縁談をいくつも持ってきた。しかしイライアスは、

「どの令嬢も、クリスの美しさと聡明《そうめい》さに比べたら天と地ほどの差がある。悪いがお断りする」

と、ことごとく跳ね除けてしまったのである。両親は困惑するばかりだ。クリスティーンは、そんなイライアスを心配しつつも、内心、ほっとしている自分がいることを否定できないでいた。

こうして、クリスティーンが二十歳、イライアスが二十三歳になったその年の早春のことである。

突然、グッドフェロー王国の王太子が馬車の衝突事故で崩御したのである。国王はここ数年持病で伏せりがちで、そろそろ王太子に王位を譲ろうとしていた矢先の悲劇であった。

国中が悲しみに沈み喪に服した。

王太子の死を心から悼みながらも、クリスティーンは動揺していた。

(やはり、未来の史実通りに歴史が動くというの?)

喪が明けた数日後のことである。

アーノルド公爵が極めて大事な話があると、クリスティーンとイライアスを書斎に呼んだ。

「父上、何事ですか？　私たち兄妹に関係する話なのですか？」

クリスティーンと共に書斎を訪れたイライアスは、不審そうにアーノルド公爵にたずねた。クリスティーンのほうは、ある予感がしていた。

普段は温厚なアーノルド公爵が、ひどく厳しい表情で腕組みをしている。アーノルド公爵はしばらく押し黙っていたが、おもむろに切り出した。

「実は——イライアス、まもなく王家からおまえに迎えが来るのだよ」

イライアスは美麗な眉を不審げに持ち上げる。

「王家から？　私に迎えですか？　なぜです？」

アーノルド公爵は沈痛な面持ちで続けた。

「このことは王太子殿下がご存命ならば、私は胸に秘めたまま墓場まで持っていくつもりだった。しかし、いまや事情が大きく変わってしまった。イライアス、心を落ち着けて聞いておくれ——実は、おまえは国王陛下のご落胤なのだ」

「え⁉」

イライアスが息を呑んだ。

（ああやっぱり……！）

クリスティーンは胸の中で合点した。やはりイライアスは王太子だったのだ。

「どういうことです？　私が王家の人間だというのですか？」

イライアスがアーノルド公爵に詰め寄る。アーノルド公爵は低い声で話を続けた。

「おまえは、国王陛下が侍女に生ませた落とし胤なのだ。嫉妬深い王妃殿下の手前、おまえはずっと別宅で人知れずひとりぼっちで育てられていたが、それではあまりに痛ましい。見かねた私が公爵家の子どもとして引き取ると、国王陛下に申し上げたのだよ。国王陛下は、アーノルド公爵家ならば異存はないと、ご理解してくださったんだ。それで、おまえを我が家に引き取ったのだ」

「――」

イライアスはじっとアーノルド公爵の話に耳を傾けていた。

「そうだったのですか。確かに、養子に来る前の私は、がらんとした屋敷で使用人にばかり囲まれて暮らしていました。そういういきさつだったんですね」

アーノルド公爵はうなずく。

「その王妃殿下も三年前に崩御され、今また兄王太子殿下が亡くなられ、もはや陛下の直系の後継ぎはおまえだけになってしまったのだ、イライアス」

イライアスはキッと顔を上げた。彼は決然と言う。

「父上。私は、私を捨てた王家になど行きたくない！　育ててくれた恩のある公爵家にとどまり、両親や大事なクリスと共にずっと暮らしたいんです！」

「いいえ、だめよ、イライアス！　あなたは王家に戻るべきだわ！」

それまで無言でいたクリスティーンは、思わず声を張り上げた。

アーノルド公爵とイライアスが驚いたようにこちらを見遣った。

クリスティーンは気持ちを込めて言う。

「あなたは、そうすべきよ。ずっと、この国の役に立ちたいと言っていたじゃない。あなたはそれができる血筋と地位を持てるのよ」

（あなたがこの国を救う国王になるの。あなたこそが稀代《きたい》の名君になる人なのよ）

イライアスが強い眼差しで見つめてくる。

「クリス、君はそれでいいのか？　私が君のもとを去って、王家に行ってしまっていいのか？　私は君と離れたくないんだ！」

「だって……」

クリスティーンは声が震えた。

（私だって、あなたとずっと一緒にいたい。でも、この国とあなたの未来のためには、そんなわがままなことは言えないわ）

クリスティーンは優しくイライアスの両手を握った。

「イライアス、よく聞いて。人には果たすべき役割があるの。あなたが王太子ならば、国のために生きるべきよ。運命から逃げてはだめ。そのためなら、私はなんでもする。力になるから」

イライアスは唇を噛み、ぎゅっとクリスティーンの手を握り返した。

彼はしばし考え込み、それから息を深く吸うと、意を決したように言った。

「わかった——クリスがそこまで言うのなら、私も心を決めたよ」

「イライアス……」

クリスティーンの手を握ったまま、イライアスはアーノルド公爵に顔を振り向けた。

「父上。私は王家に戻りましょう。これまで立派に私を育ててくださった、アーノルド家への恩は一生忘れず、国のために尽くします」

アーノルド公爵の目が潤んだ。

「おお、イライアス——よくぞ決心してくれた」

「その代わり——」

イライアスは口調を強くした。

「クリスも一緒に王城へ連れて行きます。彼女がいれば、私はどんな困難も勇気をもって乗り越えられる。私にはクリスの存在が必要だ」

思いもかけないイライアスの言葉に、クリスティーンはうろたえた。

「な、なにを言うの？　私なんか——」

「君は今しがた、私を支えるためならなんでもすると言ったじゃないか。君が来ないのなら、私も王家に戻らない」

「──」

きっぱり言われ、クリスティーンは声を失う。

まさかイライアスが、ここまで妹コンプレックスを拗らせまくっていたとは──。

でも、イライアスが兄として、心から自分のことを思ってくれるのはとても胸に響いた。

クリスティーンはアーノルド公爵に向かって気持ちを込めて言う。

「お父様、私は婚約破棄されたという悪評を背負っています。これからも結婚できることはないでしょう。それならば、妹としてイライアスの側で支えたいです。お願いします！」

アーノルド公爵は考え深く答えた。

「私は国王陛下の手前もあり、当分は城や貴族議会に上らぬつもりだった。イライアスはこれからたった一人で、王太子として未知の人生に立ち向かわなくてはならない。せめて、おまえが側で力になれるのならそれに越したことはあるまい。クリスティーン、どうかイライアスを支えてやってくれ」

「はい、お父様」

イライアスが目を輝かせた。

「ありがとうございます、父上。クリス、嬉しいよ」

「イライアス――」

その時、クリスティーンは二人がずっと手を握り合っていたことに気がついて、慌てて両手を引いた。


かくして――グッドフェロー王家は、隠されていたもう一人の王子の存在を公にした。

世間が騒然となる中、身辺整理をしたイライアスは半月後にはクリスティーンを伴って王城へ登ることになったのである。

イライアスは、クリスティーンを自分の「女性秘書」という名目にした。

「仲がいいというだけで妹を連れ回していると、周りにもしめしがつかないだろう？」

イライアスに役割を与えられたクリスティーンは、生真面目に答える。

「わかった。できる限り、あなたの力になるように頑張るわ」

「それに、これなら、いつでもどこでも、クリスと一緒にいられるからね」

イライアスはにんまりする。どうもイライアスの本当の目的は、そっちのようであった。


王城が近づいてきた。

王家の遣わした豪華な馬車の窓から、クリスティーンは顔を覗かせた。

「見て、イライアス。お城が見えてきたわ。なんて広大で立派なお城なのでしょう」

声を弾ませるクリスティーンに、向かいの席に腰を下ろしているイライアスが苦笑する。

「ふふ、まるで遠足に行く子どもみたいだね。でも、君のそういう無邪気なところが私の気持ちを和ませるんだ」

見ると、イライアスはひどく緊張した面持ちだった。当然だろう。

いよいよ王太子という新たな役割で生きていかねばならないのだ。クリスティーンは少し浮かれていたことを反省した。きちんと座り直すと、膝を強く握りしめているイライアスの手の上に、自分の手をそっと置いた。そして断固とした口調で告げる。

「大丈夫よ、あなたは必ずよい王太子、よい国王になるわ。私にはわかるの。あなたこそがこの国を立派に導いていく人だって」

イライアスは眩《まぶ》しそうに目を細めた。

「君にそう言われると、ほんとうになりそうに思えるから不思議だ。私の可愛いクリス。君がいれば、私はなんでもできるような気がするよ」

「できるわ、イライアス」

（だって、あなたの未来を知っているのだもの。愛しいイライアス、どうか自信を持ってちょうだい）

ほどなく、馬車は王城の正門前に到着した。

護衛として馬車に付き従ってきた騎馬近衛兵の一人が、朗々と声を上げる。

「イライアス王太子殿下のお着きです！」

直後、待機していたらしい楽団が、重々しく国歌演奏を始めた。

外側から馬車の扉が開かれ、近衛兵たちが階を設置し、恭しく声をかける。

「殿下、どうぞ」

「ああ」

まだ「殿下」などという呼称に慣れていないイライアスは、小声気味に返事をすると、先に馬車を降りた。

馬車の前では、重臣たちが勢揃いして待ち受けていた。彼らは姿を現したイライアスの姿を見て、一瞬息を呑んだ。

王城入りするということで、イライアスは王家から送られてきた、グッドフェロー王国の国色である青い礼装に身を包んでいた。すらりとした長身、輝く金髪に涼やかな青い双《そう》眸《ぼう》、白皙《はくせき》の美貌。全身から溢《あふ》れ出る気品と威厳。彼は臆することなく、すっくとその場に立つ。

「イライアス・アーノルドである。それとも、イライアス・グッドフェローと名乗ったほうがよろしいか？」

落ち着いたよく通る声だ。

重臣一同は、呑まれたように言葉を失う。

「お待ちしておりました、イライアス王太子殿下」

気を取り直したように、一人の恰幅《かっぷく》のいい壮年の紳士が前に進み出てきた。

「ようこそ、殿下。私はこの国の首相スペンサー公爵でございます。今後、殿下の手となり足となり、真摯《しんし》にお仕えする所存です」

言葉は丁重だが、スペンサー首相は細い目で値踏みするようにイライアスをぶしつけに眺めた。馬車の窓から外の様子をうかがっていたクリスティーンは、スペンサー首相の態度に不穏なものを感じた。未来で少女が読んでいた偉人伝では、確かあのスペンサー首相が中心となって、イライアスと対立するはずだ。要注意人物である。

「私はまだ右も左もわからない。スペンサー首相、頼りにする」

イライアスが答えると、背後に居並んでいた臣下の中から、スペンサー首相によく似た小太りの若者が、やけに居丈高に切り出した。

「殿下、あなた様はなにぶん込み入った事情で、王家の人間として育ってこられませんでした。突然、王太子として振る舞えと言われても、困惑の極みでございましょう。いかがでしょう？　これからは、私ども臣下たちに政務を任せ、殿下は王家の象徴として悠々と君臨なさるというのは？」

馬車の中で会話に聞き耳を立てていたクリスティーンは、頭に血が上る思いがした。挨拶もそこそこに、なんて失礼なのだろう。あきらかに、イライアスのことを見下している。イライアスは王家のお飾りとして、政務にはいっさい関わるなと言っているのだ。思わず馬車から飛び降り、イライアスを庇《かば》おうと思った。

その直後、気高く凛としたイライアスの声が響く。

「お気遣い感謝する。だが、無用である。私は強い決意を持って、グットフェロー王国の王太子になるべくここに来たのだ」

ぱっとその場の空気が張り詰めた。

イライアスは馬車を振り返り、クリスティーンに向かって右手を差し伸べる。

「おいで、クリス」

クリスティーンは彼の右手に自分の手を預け、ゆっくりと馬車を降りた。クリスティーンの登場に、さらにその場の空気が固まった。

イライアスは落ち着いた態度でスペンサー首相一同を見遣る。

「彼女は我が妹同然に育った、アーノルド家の令嬢クリスティーンだ。今の私はこの城に知己が誰もいない。彼女には当分私の秘書として、身の回りの世話などをしてもらうことにした」

イライアスが挨拶を促すように目配せする。クリスティーンはすかさず優美に一礼した。

「クリスティーン・アーノルドでございます。誠心誠意、殿下のお力になる所存でございます。どうぞお見知りおきを――」

小太りの若者がかっと顔を赤くする。

「妹を秘書になど、そんな勝手な――」

「ネイサン、黙れ」

ふいにスペンサー首相がぴしりと言った。小太りの若者はぐっと押し黙る。スペンサー首相はおもねるような笑みを浮かべ、イライアスに頭を下げる。

「殿下、あれなるは私の愚息で財務大臣のネイサン・スペンサー公でございます。なるほど、殿下の立派なお覚悟、我々臣下一同、心に沁《し》みました。さあ、どうぞお城の中へ。国王陛下がお待ちであられます」

イライアスは鷹揚《おうよう》にうなずく。

「では、行こうか。さあおいで、クリス」

「はい」

二人は並んでしずしずと、王城の玄関階段まで敷かれた赤い絨毯《じゅうたん》の上を進んだ。

正面階段を上り、玄関ホールに入る。

「……すごい」

広々としてぴかぴかに磨き上げられた大理石の床、吹き抜けの天井には一面豪華なステンドグラスが嵌《は》め込まれ、壁面には歴代のグッドフェロー国王の巨大な肖像画がずらりと飾られている。廊下のあちこちには、希少な異国の壺《つぼ》や彫像が飾られてあった。

アーノルド公爵家の屋敷も由緒ある立派な造りであったが、それを遥《はる》かに凌駕《りょうが》した壮麗な城内の様子に、クリスティーンは圧倒されてしまう。イライアスも気圧されたのか、無言で城内を見回している。二人が萎縮している姿に、スペンサー首相は口端を持ち上げてニヤリとした。

「国王陛下は、奥城の特別室でお休みでございます。こちらへ」

スペンサー首相に促され、クリスティーンはハッとして我に返った。

スペンサー首相の先導のもと前後を護衛の近衛兵たちに守られ、二人は精緻《せいち》な彫刻を施した太い円柱がいくつも並ぶ回廊を、ゆっくりと進んでいった。

途中、ふいにイライアスがスペンサー首相に声をかけた。

「首相、我が国は、けっして財政が豊かではないと聞き及んでいる」

スペンサー首相は突然なにを言い出すのか、という顔でイライアスに振り返る。

「まあその——ここ数年の不作続きもありまして、民からの税の取り立てにも困難を極めておりますので」

「そのわりには、城内は必要以上に贅《ぜい》を尽くしているように見えた。王家が代々受け継いだ骨董品《こっとうひん》ならともかく、そこら中に飾ってある壺やら彫刻やらは、現代美術品だ。財政が逼迫《ひっぱく》しているのに、そのような贅沢品を新たに購入する必要はあるのだろうか？」

「え――」

スペンサー首相が言葉に詰まった。

クリスティーンは内心感服した。イライアスは、城内の豪華さに気を呑まれていたわけではなかった。一見でそこにあるものの価値を見抜いていたのだ。

スペンサー首相は低い声で答える。

「国に君臨する者には、それなりの構えというものが必要でございます。外国に対する威圧も必要ですから」

「国王陛下はここ数年、伏せっておられ、政務に出られないことが多いと聞いている。王家の予算を振り分けているのは、誰なのだ?」

イライアスが追及すると、スペンサー首相はさらに声を落とした。

「それは、亡き兄王太子殿下と我々重臣一同にてございます」

「確か、あなたのご子息が財務大臣だな」

スペンサー首相は露骨に嫌な顔をした。

「殿下がなにをおっしゃりたいのか、とんとわかりませんな」

彼はそううそぶいて、回廊の先の重厚な両開きの扉を指差した。

「その先の奥が、国王陛下の病室でございます。私は執務がありますので、ここで失礼いたします。どうぞ、陛下と心ゆくまでお話しください。のちほど、殿下の下に付く者たちをここによこしますので」

　スペンサー首相はそう言い置くと、一礼してそそくさと回廊を戻っていった。これ以上イライアスに、腹を探られたくないという態度がありありと見て取れた。

　クリスティーンはその後ろ姿を見送りながら、イライアスにだけ聞こえる声で言う。

「あの首相、すごく嫌な感じね」

　イライアスがかすかに微笑む。

「まあ、新参者の私は歓迎されないと覚悟はしていたよ」

　先導していた近衛兵が、扉の前で声を上げた。

「イライアス殿下、ご到着でございます」

　中から衛兵が重々しく扉を開き、恭しく答えた。

「お待ちかねでございます。お入りください」

　イライアスはうなずき、クリスティーンの手を引いた。

「これなるは、私の秘書だ。中まで同伴をお許し願う」

　彼はそう言い置くと、そのままクリスティーンと室内に入った。清潔で広々とした室内だが、カーテンがぴっちりと引かれて薄暗く消毒薬のにおいが立ち込めていた。

　窓際の大きな衝立の向こうから白衣姿の医師が姿を現し、歩み寄ってくるイライアスとクリスティーンにひそひそ声で話しかけた。

「陛下は重篤であられます。お話は衝立越しに数分内にとどめてください」

すると、衝立の向こうから掠《かす》れた声が聞こえた。

「構わぬ。イライアス、ここへ、近うに寄れ」

「はい」

クリスティーンはイライアスの手を離し、彼に耳打ちした。

「私は衝立の外で待っているわ。心ゆくまで、陛下とお話しして」

イライアスはうなずき、一人で衝立の向こうに入っていった。

「国王陛下、イライアスにございます」

「おお——そなたが——立派な青年になって——」

国王陛下の声は今にも消え入りそうにか細い。

「長い間、そなたを王家から排除し、ないがしろにしてきたことを許してくれ」

「いいえ、陛下。私は育ての親のもとで幸せに暮らしておりましたから」

「それなのに、兄王太子が死去したからと、強引に王家に引き戻した。そなたの人生をかき乱してばかりで——さぞや儂《わし》が恨めしかろう」

イライアスはしばし無言でいた。それから、情のこもった声で答えた。

「いいえ陛下。これも私の運命だと思っております。人にはそれぞれに果たすべき役割があるのです」

クリスティーンはハッとした。

それは、イライアスがアーノルド公爵から王太子だと告げられた時に、クリスティーンが彼に投げかけたセリフだった。自分の言葉がイライアスに届いていたと思うと、胸が熱くなる。

「ああ、なんと立派な心がけだ――イライアス」

国王陛下が涙声になる。

「儂はもう長くない。どうか、どうか、この国を頼む、どうか――」

「国王陛下――そのようなお気の弱いことをおおせになりますな」

「イライアス――そなただけが頼りだ。この国を正しく導いてくれ、ごほっ――」

ふいに国王陛下が咳《せ》き込んだ。

衝立の外で待機していた医師が、慌てて中へ飛び込む。

「これ以上は、お話しになることはなりません」

医師がきっぱりと言った。

「国王陛下――お父上、失礼します」

小声で挨拶をしたイライアスが、こちらに姿を現した。彼の顔色は蒼白《そうはく》だった。少し足元がふらついている。

「イライアス、大丈夫？」

クリスティーンは急いでイライアスを支えた。

「ああ――大丈夫だ」

こちらを安心させようとしたのか、彼は無理矢理に笑みを浮かべてみせた。

病室を出ると、一人の男が待ち受けていた。歳の頃は三十代半ばだろうか。知的な面立ちだ。彼は丁重に挨拶した。

「イライアス王太子殿下、私はこのたび殿下付きの書記官に任命されましたハロルド・マッケンジーと申します。若輩ながら、精いっぱい務めさせていただきます」

「マッケンジー伯、よろしく頼む――まずは、部屋に案内してくれ。私もクリスも少し休みたい」

イライアスの言葉に、マッケンジー伯はうなずいた。

「無論です。三階に殿下のお部屋をご用意してあります。お連れの方には、同じ階の貴賓室をお使いいただけるようにしました。応接室に茶菓の用意もさせてございます。さあ、ご案内します」

てきぱきした口調に、マッケンジー伯はかなり有能な人物だとうかがえる。

案内されながら、イライアスはマッケンジー伯に話しかける。

「マッケンジーという姓からして、君は南部の出身だね？」

マッケンジー伯は驚いた顔になる。

「その通りでございます」

クリスティーンは感心した。

「よくわかったわね、イライアス」

「南部系の人たちは姓が『マック』で始まるからね。マッケンジーやマクドナルドやマクガイアなどは皆、南部系の姓だ。そして、独自の宗教を信じている人々だ」

イライアスがそう言うと、マッケンジー伯がわずかに声を潜めた。

「いわば異端の南部系の人間が殿下にお仕えするのは、いささか気が引けるのですが、スペンサー首相のご命令でして——その、殿下がご不快であれば、人事を替えてもらいますが」

「まったく構わない。出自、属性で人を差別するなど愚かしい。私はあなたが気に入った、マッケンジー伯」

マッケンジー伯は感動した面持ちになる。

「ありがとうございます、殿下。誠心誠意、務めます」

ほどなく三階の部屋に辿り着き、部屋の扉を開けたマッケンジー伯は、深々と一礼した。

「気の利いた侍従たちを選んであります。なんでもお言いつけください。私は階下の執務室で待機しておりますので、用があれば侍従を呼びにやってください」

イライアスはうなずいた。

「わかった。さあ、とにかく一服しよう、クリスティーン」

部屋の中は、目を瞠るような絢爛豪華《けんらんごうか》なしつらえであった。調度品はすべて黒檀《こくたん》に螺鈿《らでん》が施されたとても高価なもの、荘厳なフレスコ画が壁一面に描かれ、天井は隅々まで細かい彫刻が施され、クリスタルの煌《きら》びやかなシャンデリアがいくつも下がっている。広々とした応接室には、清潔なお仕着せに身を包んだ侍従たちがきちんと並んで待ち受けていた。

「お待ちしておりました、殿下。どうぞ、お茶をお召し上がりくださいませ」

メイドたちがワゴンにのせたお茶やお菓子を運んできて、大理石のテーブルにきちんと並べていく。食器はすべて有名ブランドの硬質磁器製である。お茶はめったに手に入らない外国製、お菓子もひと目で一流のパティシエの手によるものだとわかる。侍従もメイドも、洗練された立ち振る舞いである。

高級革張りのソファに腰を下ろしたクリスティーンは、緊張して身を強張らせた。アーノルド家とは比べものにならない華麗な別世界に入り込んでしまったと、つくづく感じた。

一方でイライアスは落ち着き払っているように見えた。

「ありがとう。あとは私たちでやるので、しばらく二人きりにしてもらえないか」

彼がそう言うと、侍従やメイドたちは恭しく一礼して退出していった。

扉が閉まると、イライアスがふうっと大きく息を吐いた。

「さすがに、気が張ったよ」

彼はティーカップを手に取ると、紅茶を一口啜《すす》った。イライアスほどの豪胆な人物でも、突然に王家の環境に投げ込まれるのは荷が重すぎるのだろう。

「でも、とても堂々とした振る舞いだったわよ」

クリスティーンもお茶をいただきながら、イライアスを労る。

「覚悟して来たが、相当大変な事態だな。国王陛下のご様子を見た時には、心臓が止まるかと思った。あんなにも衰弱されておられるとは――」

イライアスは目を閉じ、右手で眉間のあたりを揉《も》み込んだ。

「衝撃だった。あの方が実の父上であるという実感はまだないが、病み衰えたお姿で縋《すが》られては、受け入れるしかない」

国王陛下との対面は、イライアスにはとても辛い体験だったのだ。クリスティーンはそっとイライアスの肩に手を置いて、あやすように優しく撫《な》でた。

「でも、臣下のマッケンジー伯は、とても心強い人物のように思えたわ」

「そうだな。だが、スペンサー首相があえて南部出身の人物を私の配下に置いたことには、非常な悪意を感じたよ。君は知らないかもしれないが、南部出身というだけで、差別や偏見の目で見られることが多いんだ。そこに、私を政務の中枢から外そうという意図が感じられる」

「スペンサー首相って、ほんとに感じ悪いわ」

クリスティーンは唇を尖《とが》らせた。

「ふふ、君は正直だね」

イライアスは目を開き、天井を見上げて考えをまとめるような顔になった。

「亡くなられた兄王太子殿下は、とても控えめな方だったと聞いている。おそらく、国王陛下が病に伏されてからは、あのスペンサー首相が政治を牛耳っていたと思われる。だから、得体の知れない新参王太子の私に、余計な邪魔立てをして欲しくないのだろう。私を傀儡《かいらい》国王に仕立て、自分に有利に国を動かしたいに違いない」

未来の記憶を持っているクリスティーンは、イライアス王太子の難敵はスペンサー首相であると知っている。が、王城に来てわずか数時間のイライアスが、ここまで的確に現状を把握したことに、感嘆してしまう。

やはりイライアスは、国王になる器を持った人なのだ。

クリスティーンは気持ちを込めて言う。

「イライアス、あなたはきっと立派な国王になるわ。私が断言する」

イライアスはクリスティーンに顔を振り向けると、穏やかな表情になった。

「私の可愛いクリスにそこまで言われては、腹を括るしかないね。君が一緒にいてくれて、私はほんとうに心強い。いつまでも私を支えてくれ」

「もちろんだわ。いつかあなたが立派な国王になって、あなたに相応しい美しい王妃様を迎えるまで、私は秘書として一心にあなたを支え――」

やにわにイライアスが不愉快そうな顔になった。

「私は結婚などしない」

「え、なにを言っているの？　国王になったら王妃様を迎えて、後継ぎをなすことは当然でしょう？」

イライアスがますます顰《しか》め面になる。

「子をなすだと？　私に、他の女性とキスしたりそれ以上の行為をしろというのか？　おぞましい」

「そんなこと言っちゃだめよ、女性と触れ合うことにも慣れていかなきゃ……」

たしなめようとすると、イライアスがにわかに妖艶な眼差しで見つめてくる。

「クリスとなら、平気なのに」

「え……？」

じりっと美麗な顔が接近してくる。

「イ、イライアス……？」

うろたえていると、イライアスの柔らかな唇が頬に押しつけられる。

「いつもクリスとこうやって、キスする。それ以上のキスをしてはいけないか？」

「え、なにを……？」

最後まで言わないうちに、唇が塞がれた。

「んんっ……?」

クリスティーンは目を見開く。これまで、数えきれないほどイライアスと挨拶のキスを交わしてきた。だが、本格的な口づけは、これが生まれて初めてだった。

「んゃ……だ……め……」

身体を引こうとすると、イライアスの手がすかさず後頭部をかかえ込んだ。がっちりと固定され、顔を背けることもできない。そのまま、イライアスは角度を変えては、撫でるような口づけを繰り返した。

「ん、んん……」

悩ましい唇の感触に全身の血がかあっと熱く滾《たぎ》り、息継ぎをすることすら忘れてしまう。身を強張らせ、長い口づけを受け入れてしまう。ふいに、イライアスの舌がぬるっと唇を舐《な》めた。

「ふぁ……っ」

思わず声を上げてしまい、開いた唇からイライアスの舌がするりと侵入してきた。強く唇を押しつけられ唇の裏側が触れ合い、その濡《ぬ》れた感触に背中がぞくりと震えた。

「んんんぅ」

イライアスの舌は唇の裏側を舐め歯列を辿り、口蓋を擽《くすぐ》り喉奥まで押し入ってきた。ク

リスティーンは思わずイライアスの上着を摑《つか》んで縋りついていた。分厚く熱いイライアスの舌が、ちろちろとクリスティーンの舌を擽る。怯《おび》えて縮こまるクリスティーンの舌が強引に搦《から》め捕られた。

そしてちゅうっと音を立てて思いきり吸い上げられたのだ。

「ふぁっ」

直後、未知の甘い痺《しび》れが背筋を走り抜けた。全身が硬直する。イライアスのもう一方の手が、クリスティーンの背中を抱き寄せる。

彼は何度も舌を絡めては、強く吸い上げた。

「ぁ、ゃ……ふ、う、うぅ……ん」

頭の中が真っ白になる。抵抗する術も知らぬまま、自在に口腔《こうこう》を貪られてしまう。

くちゅくちゅと舌が触れ合うたびにくぐもった水音が立ち、その音にすら淫らに感じ入ってしまう。イライアスはクリスティーンの溢れる唾液を啜り上げ、そのお返しとばかりに自分の唾液を注ぎ込む。

「んんぅ、ん、ふは、ぁ、ぁふぅん……」

なにも考えられなくなり、恥ずかしい鼻声が止められない。延々と情熱的な口づけを仕かけられ、強張っていた四肢から力が抜けてしまう。イライアスの腕に支えられていなかったら、その場に倒れ込んでしまったかもしれない。

呼吸も魂も奪われるような激しい口づけに、クリスティーンはなされるがままになった。

イライアスは存分にクリスティーンの舌を堪能してから、おもむろに唇を離した。

長い長い口づけからようやく解放された時には、クリスティーンは蕩《とろ》けるような表情を浮かべ、イライアスの腕の中にぐったりと身を任せていた。

「私の可愛いクリス――」

イライアスはクリスティーンをぎゅっと抱きしめ、火照った額や頬に口づけの雨を降らせる。

「こういうキスを、他の女性とするなんて、考えられない」

彼が耳元で熱い息を吹きかけながら、色っぽい声でささやいた。

「あぁ……イライアス……だめ、よ……」

クリスティーンはまだぼんやりとした頭の中で、イライアスはこれほどまでに妹コンプレックスを病んでしまっているのか、と思う。こんなにも容姿端麗で文武両道なイライアスが、これまで他の女性と浮いた話がひとつもなかったのは、自分のせいだったのだ。もしかしたら潔癖症で、女性と付き合えないのかと思っていたが、そうではないようだ。

深い口づけのあまりの心地よさに酔いしれてしまったが、ここは妹として釘《くぎ》を刺しておかねば、と気を取り直す。力の抜けた両手で、やんわりとイライアスの身体を押しやる。

「あのね、イライアス……私にできるのなら、いつか他の女性ともできるようになるわ」

イライアスの表情が凶悪な色合いを帯びる。

「そんなこと、考えられないよ」

クリスティーンは必死で彼を説得しようとする。

「いつか、気持ちが変わるかもしれないでしょう?」

すると端整なイライアスの顔がぐっと寄せられる。彼のキラキラとした青い双眸が、クリスティーンを見つめてくる。

「いつか——それまで、クリスで試してもいいか?」

「でも……」

「君は私を支えてくれると言ったじゃないか。あの言葉は嘘《うそ》だったのか?」

「う——」

クリスティーンは返事に詰まる。本心は、心身共にイライアスに投げ打っても構わないほどに愛している。だが、そんな重い気持ちを彼には吐露できない。

「嘘じゃないわ。あなたが立派な国王になるのを、心から支えたいの」

「では、協力してくれるね?」

イライアスの面差しは、アーノルド家にいた頃と同じく妹にねだるような甘いものに変わっていた。幼少の頃から、イライアスにこの表情をされると、クリスティーンは嫌と言えないのだ。

「──わかったわ。わかったから、ね、私も少し、自分の部屋で休むわ」

「うん、ならいい」

イライアスは素直にクリスティーンから身を離した。

「晩餐《ばんさん》は私の部屋で一緒にとろう。明日からの私たちの身の振り方も話し合いたいしね」

「わ、わかったわ……」

クリスティーンはまだふわふわする足取りでイライアスの部屋を出た。廊下の奥の自分に割り当てられた部屋まで辿り着くと、自分付きの侍女たちが待ち受けていた。マッケンジー伯が手配してくれていたのだろう。

「私ども、今日からお嬢様のお世話をさせていただきます」

侍女たちは礼節ある態度で挨拶をしてきた。

「よろしくお願いしますね。馬車に揺られてきたので、少し部屋で休みます」

そう言い置くと、侍女たちが素早く扉を開けてくれる。

貴賓室にあたる部屋だということで、イライアスの部屋ほどではないが、広々としてとても豪華なしつらえだ。

しかし、イライアスとの深い口づけに酩酊《めいてい》していたクリスティーンは、部屋の中を鑑賞する余裕もなく、奥の応接室のソファの上にへなへなと頽《くずお》れた。侍女たちは気を利かせて、一人にしてくれた。

「はあ……」

指先でそっと唇に触れてみる。

まだそこが燃えるように熱い。

愛する人から受けた深い口づけは、あまりに強烈で官能的で溺れてしまいそうだ。

「イライアス、好きよ……」

口の中でつぶやく。

きゅんと胸が甘く疼《うず》く。心臓のあたりを手で押さえ、必死に気持ちを落ち着かせようとした。浮ついていてはいけない。

未来の少女が持っていた偉人伝通り、王宮の中は不穏な空気に満ちていた。

これから、イライアスを貶《おとし》めようとする動きが多々起こるに違いない。

それに——まだ未来の記憶が蘇ったことへの戸惑いも不安もある。

クリスティーンはきゅっと唇を噛みしめた。

「でも、守らなければ——私がイライアスを守り、必ず立派な国王にするんだわ」

そう強く自分に言い聞かせた。

第二章　国王への道

　翌日から、イライアスの王太子としての新生活が始まった。

　まずは帝王学を一から学ぶことからだ。王太子であれば、本来は幼少時から王家のしきたりや知識、作法などを教育されるのだが、イライアスはまったくの白紙のままで王城にやってきた。

　朝食を済ませ、自室の書斎でクリスティーンと共に待機しているイライアスのもとへ、マッケンジー伯を伴ってスペンサー首相が現れた。マッケンジー伯は気遣わしげな表情だ。

　スペンサー首相は馬鹿丁寧な口調で言う。

「おはようございます、ご機嫌麗しゅう、殿下。本日から、王家の人間として帝王学を勉強していただきます。前もって、この書斎にはわかりやすい書物や教科書を揃えておきました。家庭教師も教え方のうまい者を呼んでおります」

　イライアスは穏やかに答える。

「ありがたいと思う。が、昨日ざっとここの書棚の本を拝見してみたが、どれも子ども向けのようだな？　あれならもう復習《さら》ってしまったぞ」

「は？」

スペンサー首相が眉をぴくりと持ち上げた。

クリスティーンは目を見開く。確かに昨夜晩餐のあと、イライアスは、

「少し調べ物があるから、君は先におやすみ」

と、書斎に閉じこもっていた。そこにある教科書を全部復習ってしまったのか。

「し、しかし殿下はまだ王家についてなんの見識もございませんから——」

「だから、あのような挿絵ばかりの教科書を準備したというのか？　確かに子ども向けで大変読みやすかった」

イライアスが皮肉めかして言う。

スペンサー首相の頬がかすかにひくついた。イライアスがさらに続ける。

「だが、私はもっと高等な学びをしたい。すぐに新しい教科書を届けさせて欲しい。家庭教師も、大学教授クラスの人物を呼んでくれ。間違っても、小学校の教師などをよこしたりしないように頼む」

「は、承知、い、今しばらくお待ちください、すぐに手配させまする」

スペンサー首相がしどろもどろになる。彼は一礼すると、そそくさと書斎を出て行った。

どうやらほんとうに小学校の教師をよこすつもりだったようだ。

マッケンジー伯が感嘆したように言う。

「あの老練なスペンサー首相を、見事に返り討ちになさいましたね、殿下」

イライアスが苦笑する。

「昨夜書斎の書物を見てみたら、絵本のようなものばかりだったんだ。これは随分と舐められているとわかったからね」

それから彼は、表情を正した。

「だが、たいそうなことを言ったからには、しっかり学んで結果を出さねばならないな」

「イライアスは、初等学校から大学まで、ずっと首席を取っていたもの。大丈夫だわ」

クリスティーンが口を挟むと、マッケンジー伯は感動した面持ちになる。

「やはり、優秀なお血筋なのですね」

「それだけではないわ。イライアスは人一倍努力家なのよ」

クリスティーンが自慢げに言うと、イライアスが頬を染めた。

「クリス、あまり私を持ち上げないでくれ。これからは、もっと大局的にものを見る目を育てなくてはいけないんだ。井の中の蛙《かわず》になってしまうよ」

「あなたのそういう謙虚なところも素敵よ」

「もういいから」

イライアスがさらに顔を赤くする。

マッケンジー伯は二人のやりとりを、微笑ましそうに見ていた。

やがて、新しい高等な教科書が届き、選び直した優秀な家庭教師も現れた。

イライアスは昼過ぎまで真剣に帝王学を学んだ。クリスティーンは彼の側で授業を熱心に聞いていた。すべてを理解できなくても、自分も知識を増やし、イライアスの補佐ができるようになりたいと思ったのだ。

昼餐のあと、スペンサー首相の秘書がイライアスのもとを訪れた。

「殿下、首相の命で王宮の馬場に、殿下専用の馬をご用意しました。騎馬による式典も多いので、乗馬の訓練もなさるようにとのことです」

イライアスが顔をほころばせた。

「乗馬か。グッドフェロー王国は、騎馬の技術に優れていて、国際的な乗馬大会も多く催されるからね。ちょうど、少し身体をほぐしたいと思っていたんだ」

文武両道のイライアスは、乗馬も巧みであった。

「私は馬に乗れないから、自分のお部屋で読書でもしているわ」

クリスティーンがそう言うと、立ち上がったイライアスは微笑んで手を振った。

「では、お茶の時間にまた会おう。マッケンジー伯、一緒に来てくれるか？」

「無論です。お手なみ拝見しましょう」

二人が去ると、クリスティーンは自室に戻り、未来の少女の記憶を思い出しては、ノートに書き出した。今後もスペンサー首相たちの嫌がらせ行為は続くに違いない。少女の記憶は、日々積み重ねられていく自分の記憶に埋もれて、少しずつ薄れていくような気がするので、今のうちに覚えていることは書き留めておこうと思ったのだ。ただ、少女が愛読していた偉人伝は少年少女向けのもので、歴史的事実が詳細に記されているわけではなかった。だから、これからイライアスの身に起こる事件のすべてを知っているわけではないのが心許ない。

「ええと……王宮での事件——そうそう、落馬事件があったわ。確かイライアスは王宮入りして早々、落馬して右脚を骨折して——」

クリティーンはギクリとしてペンを取り落とした。

「たった今、スペンサー首相に勧められて、馬に乗りに行ったばかりだわ」

慌てて部屋を飛び出す。侍女たちは血相を変えて出て行くクリスティーンを呆気《あっけ》に取られて見ている。

「ご令嬢、どちらへ？」

「馬場よ！」

そのまま廊下から中央階段を駆け下りた。馬場の場所も知らなかったが、無我夢中だった。

踊り場のところで一人の婦人とぶつかりそうになってしまう。歳の頃は三十代後半か、背のすらりとした美しく気品のある淑女だ。手に白い百合《ゆり》の花束を抱えている。

「あ、失礼しました」

頭を下げて行こうとすると、

「お嬢さん、そんなに急いでどちらへおいでなの？」

婦人は穏やかな口調で話しかけてきた。

「王宮の馬場に行きたいんです。――けれど、私ったら馬場の場所も知らないわ……」

「まあ、馬場なら階段を下りて左手の回廊から奥に進んでいくと、見えてきますよ」

「ご親切にありがとうございます。私は、クリスティーン・アーノルドと申します。ええと――」

婦人がすかさず名乗った。

「私はジェラルド公爵夫人と申します」

「感謝しますジェラルド公爵夫人、あの、今は急いでいますので。これで失礼します」

クリスティーンは挨拶もそこそこに、教えられた道順を急ぎ足で辿った。

回廊を抜けると、広々とした馬場が見えてきた。走ってきたので、息がすっかり上がってしまった。横腹に痛みが走り、立ち止まって呼吸を整える。

ちょうど、乗馬服に着替えたイライアスが、厩舎員《きゅうしゃいん》が引いてきた栗毛の馬に乗ろうとしている。

「イライアス、待って――」

呼び止めるより早く、イライアスはひらりと馬に飛び乗ってしまった。

「あ――」

イライアスが手綱を握り、並足で走らせようとした直後、城の窓のどこかがチカッと光り、鋭い反射光が馬の目を直撃したのだ。驚いた馬がけたたましくいななき、後ろ脚だけで棒立ちになった。

「ああっ」

柵の向こうで見学していたマッケンジー伯が顔色を変えた。彼は調教師や厩舎員たちに怒鳴った。

「馬を押さえろ！」

だが、馬は激しく暴れていて、誰も近寄れない。うっかり近づくと、後ろ脚で蹴られてしまう。

イライアスは馬を落ち着かせようと手綱を捌《さば》いたが、馬は興奮状態でその場で激しく飛び跳ねる。イライアスの全身がガクガクと揺れ、今にも鞍《くら》から放り出されそうだ。

「イライアス、危ないっ」

クリスティーンは悲鳴を上げてしまう。

イライアスは右手で手綱を操りながら左手で上着を脱ぐと、それで素早く馬の両目を覆った。彼は馬首に抱きつくようにして、馬の耳元で穏やかに声をかける。

「どうどう、どうどう――もう怖くない、怖くないぞ」

馬はブルルッと鼻を鳴らし、次第に落ち着いてきた。イライアスは馬首を軽く叩《たた》いては、声をかけ続けた。

「ようし、よーし。いい子だ、いい子だ」

馬はすっかりおとなしくなり、その場にじっと立ち尽くした。イライアスはそっと目隠ししていた上着を外した。

「そうだ、いい子だな」

イライアスが軽く手綱を引くと、馬はゆっくりと並足で歩き出した。

その場にいる者全員が、安堵《あんど》のため息を吐いた。クリスティーンもほっと胸を撫で下ろした。イライアスは馬場をぐるりと周回しながら、落ち着いた声でマッケンジー伯に話しかけた。

「賢くよい馬だ。気に入ったよ」

「は、殿下。暴れ馬を乗りこなした腕前は、お見事でございました」

クリスティーンが馬場に現れたのを見て、イライアスが軽く手を振る。

「やあクリス、君も見学かい？　そのうち、君も乗馬を習うといいね」

「私には恐ろしくてとてもできそうにないわ。でもあなたはとても格好いいわよ、イライアス」

クリスティーンはにこやかに手を振り返したが、側のマッケンジー伯には真顔で声を潜めてささやく。

「マッケンジー伯、今の馬が暴れた件、何者かが馬の目に光を当てて驚かせたんだわ。事故じゃなくて、事件よ」

「私も目撃しておりました。ただ、殿下が騒ぎにさせまいとしておられるので、私も合わせるしかなく――」

「そうね。イライアスが落馬でもしたら、馬も厩舎員たちも責任を取らされるわ。イライアスはそれを避けたのね」

「なんと、お気遣いのできるお方でしょう」

「でも、マッケンジー伯。さっきの件でおわかりでしょう？　イライアスの身辺には充分注意してください。お願いよ」

「わかりました。肝に銘じます」

マッケンジー伯は真剣にうなずいた。

「それにしても――ご令嬢、殿下の危機を察知なされておいでになられたのですか？」

「い、いいえ。イライアスの乗馬姿を見たくて出てきただけ。たまたま、よ」

クリスティーンは曖昧にごまかした。

その数日後の、朝食の席である。

いつものように、クリスティーンはイライアスと向かい合わせに同席していた。

イライアスはナプキンを広げながら、切り出す。

「来週、私は円卓会議に出席することになった」

「円卓議会？　確か重臣だけを集めての国王同席の会議よね？」

「その通りだ。国王陛下が病床に就かれていたので、ここ数年は開かれたことがなかったんだ。私から、会議を開きたいと申し出た。現在のグッドフェロー王国のかかえる問題点を知りたいからね」

「あの……スペンサー首相も同席するの？」

「もちろんさ。なぜ？」

「それならやめたほうがいいわ。だって、あの人はあきらかに、イライアスに反感を持っているじゃない」

「そうだね——だからこそ、私は早めに自分の地位を固めたいんだ」

「気持ちはわかるけど——」

それ以上は反対しなかった。覚悟をもって王太子の位に就いたイライアスの気を削ぐようなことはしたくない。にっこりして明るい声で言う。

「とにかく、たっぷり食べて今日の活力をつけましょう」

「そうだな」

イライアスも笑みを浮かべ、スプーンを手にしてスープを掬《すく》った。ひと口口に含んだ彼は、さっと顔色を変えた。彼はやにわに手を伸ばし、クリスティーンの持っていたスプーンを薙《な》ぎ払った。スプーンは跳ね飛び、背後の壁に当たった。

「飲むな、クリス！」

「え？」

「不純物が交じっている！」

壁際に待機していたマッケンジー伯やウェイターたちが顔色を変えた。マッケンジー伯が真っ先に駆け寄った。

「殿下っ、毒ですか⁉　飲み込まれましたか？」

イライアスは首を振った。

「大丈夫だ、舐めただけだ。毒ではない、これを見ろ」

イライアスが自分のスープ皿をスプーンでかき回した。細かいガラスの破片が交じっている。

「誰がこのようなことを！　口の中が切れていたかもしれません！」

マッケンジー伯は蒼白な顔色になった。

「今すぐ、調理場の者たち、ウェイターからシェフまで全員取り調べます！」

イライアスは低い声で言った。

「無駄だ。おそらく、全員が心当たりがないと答えるだろう。ここで私が大騒ぎして犯人探しにきゅうきゅうとしても、王宮にいたずらに混乱を起こすだけだ」

「し、しかし殿下――」

「先日の馬の件といい、これは私に対する警告なのだろう。とっとと尻尾を巻いて出て行けということだ」

イライアスが落ち着いているぶん、クリスティーンは怒りが込み上げてくる。

「私、だんぜん許せない！　今からスペンサー首相に抗議に行ってくるわ」

立ち上がろうとするクリスティーンの腕を、イライアスがそっと押さえた。

「クリス、座って。スペンサー首相の謀《たくら》みだという証拠はない」

「なくたって、あの人に決まっているわ！」

（だって、私は知っているもの。スペンサー首相はあなたを排除して、この国の権力を握りたいのよ）

「落ち着いて、クリス」

イライアスが静かだが威厳のある声で言う。クリスティーンは気がおさまらぬまま、座り直した。イライアスはマッケンジー伯に顔を振り向ける。

「これからは、私たちの食事には毒味係をつけてくれ。おそらく、命に関わることはないだろう。命を狙うなら毒を入れるはずだ。だが私はともかく、大事なクリスの身になにかあったら大変だからね。それと、新しい食事を持ってきてくれ」

「承知しました」

イライアスの威圧に押されたように、マッケンジー伯は粛々と従った。

「ごめんよ、クリス。君だけは危険な目に遭わせたくないと気を配っていたんだが。ショックだったろう?」

我が身より先にクリスティーンのことを心配してくれるイライアスの心遣いに、胸がじんとなる。

「私なら、ぜんぜん平気だから」

クリスティーンは悔し涙が溢れそうになった。

「イライアスが立派な王太子になろうと毎日毎晩、必死で努力しているのに——こんなくだらない嫌がらせをするなんて……」

だがここで涙を見せては余計にイライアスに気を使わせてしまう。きゅっと唇を噛みしめて、堪えた。イライアスの右手が、そっとクリスティーンの頬を撫でた。

「そんな顔をしないで、クリス。まだまだ、私が王太子に相応しい人物になれていないということだ。誰にも有無を言わさぬ実力を身につけなくては、人の上に立つ人間と認めてはもらえない」

「イライアス……」

形のいい指先の感触に、心臓がトクンと高鳴った。

（私ももっともっと、あなたの力にならなくちゃ……）

その後は、円卓会議まで何事もなく日は過ぎた。

午後、円卓会議の席に出ようとするイライアスに、クリスティーンは秘書として同伴すると言い張った。

「いや、君は部屋にいたほうが安全だ」

イライアスはスープの不純物混入事件などのせいで、クリスティーンの身をひどく気遣うようになっていた。だがクリスティーンは引かなかった。

「あなた一人行かせるなんて、狼《おおかみ》の群れの中に子羊を放り込むようなものだわ。なにも力になれないかもしれないけれど、いざという時にはあなたの盾になって守るくらいはできるわ」

イライアスは目を瞠る。

「君がそんなにも勇敢だとは、思いもしなかった。私こそ、君の身を危険に晒《さら》すことなどできない。だからここで待っていてくれ」

クリスティーンは首をふるふると横に振る。

「いいえ、なんのために私が王城までついてきたというの？　いつでもあなたの側で、あなたを支えて守るためでしょう？」

まっすぐにイライアスの目を見て言うと、彼は感に堪えないという顔になった。

「そこまで言うのなら、わかった。私が君を必ず守る。君には最後まで私の行く末を見届けて欲しい」

「もちろんよ」

クリスティーンは深くうなずいた。

マッケンジー伯の案内で、二人で城内の奥にある円卓会議場に赴く。

「イライアス王太子殿下のご到着です」

扉の前でマッケンジー伯は呼ばわったのち、小声でイライアスに耳打ちした。

「すでに、スペンサー首相と重臣たちは揃っております。議題は、先日お渡しした資料にあるように、来年度の地方自治体の税制についてでございます」

「わかった。資料は読み込んである」

イライアスがうなずくと、マッケンジー伯はゆっくりと扉を開いた。

会議室の中央に大きな円卓が置かれ、スペンサー首相やネイサン財務大臣始め、総勢十五名の重臣たちが直立し頭《こうべ》を垂れて待ち受けている。

イライアスのあとからクリスティーンが入室すると、ちらりと顔を上げたスペンサー首相があからさまに嫌な顔をした。イライアスは戸口から一番遠い席を、クリスティーンのために引いて先に座らせた。その隣に、彼がゆっくりと腰を下ろす。マッケンジー伯は、会議室の壁際に置かれた椅子に座った。イライアスが着席すると、全員が席に着いた。スペンサー首相はイライアスの対面に座り、慇懃無礼《いんぎんぶれい》な口調で切り出す。

「恐れながら殿下、政治の場にいたいけな女性が同席するのはいかがなものかと思われます。ご令嬢、会議はオペラ観劇とは違うのでございますよ」

「構わぬ。彼女は私の秘書だ。会議を始めよ」

イライアスは泰然とした態度で返した。

スペンサー首相はムッとした顔をした。彼は咳払いをひとつすると、あらかじめ机の上に配ってあった書類を手に取る。

「で、では、会議を始めさせていただきます。今回の議題は——」

スペンサー首相はおもむろに顔を上げる。

「グッドフェロー王国の統治する各属国に対する、税制の改正案でございます」

イライアスが片眉をぴくりと上げた。クリスティーンはハッとして、壁際に待機しているマッケンジー伯を見遣った。マッケンジー伯は顔色を変えて首を振る。

議題が変更されているのだ。

イライアス以外の重臣たちは、何事もなかったように発言を始める。ネイサン財務大臣が手を挙げて発言した。

「ここ数年に及ぶ国内の農作物の不作から、国庫も逼迫しております。ここは、王命で各属国に対し、新たな改正案を出すべきではないでしょうか？」

スペンサー首相は大きくうなずく。

「賛成ですな。これまで、属国に甘い統治をしてきましたからな。ここはグッドフェロー王国の威厳を示すためにも、国王陛下の御名を出すべきでしょう」

他の重臣たちも賛同するように首を縦に振る。

イライアスは腕組みをして目を閉じ、じっと考え込んでいる。窮地に追い込まれているようにも見えた。

スペンサー首相がおもねるようにイライアスに話しかける。

「殿下、ご意見がおありにならないのでしたら、新たな財政案についての議論に移りたいと思いますが」

クリスティーンは思わず右手を挙げて発言しようとした。

「あの……私たちが知らされていた議題と違うのですが──」

するとイライアスが目を開き、腕を解いた。彼の手がやんわりとクリスティーンの右腕にかかる。クリスティーンはイライアスになにか考えがあると察し、言葉を呑み込んだ。

イライアスは重々しい口調で話し出す。

「我が国が南部と西部の小国群を属国に置いたのは、百年前、ダニエル二世の統治下のことだ」

彼はスペンサー首相に顔を振り向ける。

「それは間違っていないな？　スペンサー首相？」

「はあ――そうですが」

スペンサー首相はなにを言い出すのだ、という表情だ。イライアスは静かだが威厳のある声で続ける。

「当時、大陸を襲ったイナゴの大発生で、我が国ばかりではなく小国の農地は壊滅的な打撃を受けた。その時、小国群を救おうと動いたのが、我が祖先ダニエル二世である。かの王は小国群の救済措置として、属国に置いたのだ――その時の、ダニエル二世の演説を知る者はいるか？」

イライアスは鋭い眼差しで、ぐるりとその場にいる者たちを見渡した。

誰も答えることができない。

イライアスはおもむろに口を開いた。

「『我は君臨すれども支配せず。各国と手を取り合って、危機を乗り越えたい』かの王はそう言われたのだ。つまり、グッドフェロー王国に属するものの、統治は各国が独立して行うことを認めたのだ。すなわち、属国を思うままに支配することは王家の本意ではないはず」

会議場全体がしーんと静まり返った。

「このダニエル二世の寛大なお心があったからこそ、我が国と属国はよい協力関係を築けたのだ。私はそれを壊す気は毛頭ない」

イライアスは真摯な声でその場にいる者たちに訴えた。

イライアスがゆっくりと立ち上がった。

「我が国が、農作物の生産性が悪く財政難であることは、承知している。だが、これは我が国が解決すべきこと。そのために、皆が知恵を絞るべきだ。違うだろうか？」

クリスティーンの胸は大きな感動に満たされた。イライアスはすでに王の風格を身に纏《まと》っている。そして、この視野の広さこそがのちに英雄王と呼ばれるゆえんなのだ。

スペンサー首相とネイサン財務大臣以外の重臣たちは、クリスティーンと同じように感極まった表情をしていた。マッケンジー伯も誇らしげな顔だ。

一人の重臣が発言した。

「――お言葉の通りでございます、殿下」

すると、他の重臣たちが次々に賛同の意を表した。

「我がグッドフェロー王国の真髄に触れました」「安易な搾取は、きっとのちのちまで禍根を残すでしょう」

その場の空気があっという間にイライアス支持に変わる。

く。

「し、しかしっ——良案がございますか?」

ネイサン財務大臣がムキになって反論する。イライアスが腕組みをして考え込んだ。

この時代には生産性の高い農作物が存在していない。その時クリスティーンは、ふと閃

(もし、『ジャガイモ』があれば——)

未来では、ジャガイモという農作物がこの国の主食になるほど一般的に広まっていた。

しかし、この時代にはジャガイモはまだない。イライアスがその存在を発見するはずだが、

それはまだ先のことなのだろう。もどかしいが、今はどうしようもない。

やがてイライアスは冷静に答えた。

「財務大臣、まずは王家の予算を見直してもらおう。特に遊興費は大幅に削って構わない。

国王陛下は病気療養中であるし、不必要な予算だ。そのぶんを、国庫に回して欲しい」

「は——」

ネイサン財務大臣はそれ以上言い募れなかった。スペンサー首相はというと、イライア

スを見直したような表情であった。といっても、他の重臣たちのように敬服したという感

じではない。目が狡猾そうに光っている。

クリスティーンは腹の中で思った。

(そうだわ。この後スペンサー首相は、イライアスを排斥するより、彼に取り入ろうと態

度を変えるのだったわ——どっちにしろ要注意よね）
それにしても、とっさに窮地を自分の優位に変えてしまうイライアスの才覚に、クリスティーンはさすがに自分が愛した人だと、改めて惚《ほ》れ惚れとしてしまうのであった。
この日以降、政務はイライアスを中心に動き始めた。
才気煥発《さいきかんぱつ》なイライアスの言動に、周囲の人々も次期国王は彼こそが相応しいと納得していくのである。イライアスは、押しも押されもせぬ王太子殿下として扱われるようになった。

「殿下、スペンサー首相から東方の珍しい絨毯が贈られてきましたが」

その日の午後、執務の合間の休憩時間に、クリスティーンとイライアスがお茶をいただいているところに、マッケンジー伯が現れて告げる。

イライアスはお茶のカップから顔を上げ、顰め面をした。

「またか。私は意味のない贈与はいっさい受け取らない。即座に返却してくれ」

「かしこまりました。お休みのところ、失礼しました」

マッケンジー伯は恭しく頭を下げて退出した。

クリスティーンはざまあという顔になってしまう。

「あれ、賄賂じゃないの。臣下たちの中でも、イライアスの支持者がどんどん増えてきているから、スペンサー首相は焦っているのね。胸がスッとしちゃう」

イライアスは苦笑する。

「こらこら、クリス、口が悪いよ。スペンサー首相だって、この国を思う気持ちは私と変わりないと思うぞ」

「あらそうかしら。私はどうもあの人は信用できないわ」

ツンとすると、イライアスがくすくす笑う。

「そういう気の強いところが、好きだよ、私の可愛いクリス」

「もう——っ」

王太子になっても、クリスティーンに対してそういう軽口を叩く気さくさは以前と同じだ。彼が変わらないことが嬉しくもあるが、ほろ苦い気持ちも混じる。いつまで、こうして兄妹ごっこを続けていけるだろうか。

数日後。

午前中の御前会議が終わり、午後は外国の大使たちとの懇談会が予定されていた。

王太子としての顔合わせが主体なので、クリスティーンは同席を遠慮することにした。先に戻ろうとお供の侍女たちと廊下を進んでいると、窓際の片隅に一人の貴婦人がしゃがみ込んでいるのに出くわした。彼女の側には、今にも泣きそうな様子の侍女が立ち尽くしている。

「もし――お加減でも悪いのですか？」

近づいて声をかけると、その婦人がハッと顔を上げる。

「まあ、ジェラルド公爵夫人であられますか？」

いつぞや、城内で丁寧に道順を教えてくれた人だ。

「あなたは――確かアーノルド公爵のご令嬢ね」

夫人もクリスティーンのことを覚えていてくれたようだ。

「どうなさいました？　立ちくらみですか？」

「いいえ――陛下にお見舞いのお花を届けに来たのですが、侍女が鉢植えを落としてしまって」

見ると、床の上に粉々になった鉢植えと飛び散った土や花が散乱している。綺麗《きれい》な白い花は花弁が散っているものもある。

ジェラルド公爵夫人付きの侍女が声を震わせる。

「奥様、誠に申し訳ありません」

「いいのよ。わざとではないのだから、もう謝らなくていいのよ。お花は諦めましょう」

ジェラルド公爵夫人は穏やかに答える。

最初に出会った時にも感じたが、とても思いやりのある優しい女性だ。

クリスティーンはポケットからハンカチを取り出すと、その場に跪《ひざまず》いて両手で土をかき集めた。ジェラルド公爵夫人は目を丸くする。

「あなた、手が汚れてしまうわ」

「構いません、お花を助けましょう」

ハンカチに集めた土と花を包み、胸に抱きかかえて立ち上がる。

「ジェラルド公爵夫人、どうぞ私のお部屋においでください。私はお花や植物を育てるのが得意なんです。部屋には園芸道具も予備の鉢も置いてありますから」

ジェラルド公爵夫人は侍女の手を借りて、ゆっくり背を起こして微笑んだ。

「ご親切に。ぜひ、お願いするわ」

ジェラルド公爵夫人を伴い自室に戻ったクリスティーンは、床に敷布を広げ保管していたスコップや鉢や肥料など持ち出すと、せっせと植え替えを始めた。植木鉢の底に軽石を敷き詰め、新しい土を入れて、花を根元から植え込む。

側で椅子に座って覗き込んでいるジェラルド公爵夫人は、感心したように言う。

「なんて手際がよろしいのでしょう」

「子どもの頃から土いじりが好きだったものですから……」

未来で農家に育った少女の記憶の影響だろうか。

植え替えを終えて、ジョウロで水をやる。

「さあこれで、きっと元通り元気なお花になりますわ」

クリスティーンは額の汗を拭いながら、ジェラルド公爵夫人を見上げてにっこりした。植木鉢を両手で差し出すと、ジェラルド公爵夫人は受け取って感激した面持ちになった。

「ほんとうにありがとう。感謝しますわ」

「このお花、白いバーベラですね。前にお会いした時も、白いお花をお持ちでしたね？」

「あらほんとうによくご存知だわ。そうなの、私は白いお花がとても好きで、屋敷の庭も白い花ばかりのホワイトガーデンなのよ」

「まあ、素敵ですね！」

「ふふ、今度お礼に私の屋敷にご招待したいわ。夫はずっと他県の知事として出向中で、私は子どももいないので、ひとりきりなのよ」

「そうでしたか。私は今はお城を出ることができないのですが、いずれお伺いしたいです」

長年の友達のように二人の話は弾んだ。

「私の実家は王家と遠縁にあたりますの。それで、毎日国王陛下の病気のご快癒を祈ってお花を持参しているのよ」

「なんてご立派なんでしょう」

血筋も身分も高いご婦人なのに、少しも気取ったところがない。クリスティーンは登城してから、初めて心やすく会話できる女性に出会った気がした。

ジェラルド公爵夫人ははたと気がついたように、鉢植えを侍女に託すと立ち上がった。

「いけない、うっかり長話をしてしまったわ。そろそろ失礼して、このお花を陛下のお部屋付きの侍従に渡してまいります」

クリスティーンは名残惜しかった。

「あの――もし、毎日お城へおいでならば、たまに私の部屋を訪ねてくださいな。お茶を飲みながら、お花のことでもおしゃべりしませんか？」

ジェラルド公爵夫人は顔を綻ばせた。

「嬉しい。ぜひ寄らせていただきますわ」

こうして、ジェラルド公爵夫人は週に一回ほど、クリスティーンの部屋を訪ねるようになった。

二人は園芸の話に花を咲かせた。

王城で常にイライアスのことに気を配り、神経を張り詰めさせているクリスティーンにとって、ジェラルド公爵夫人と過ごす時間は、ひとときの安らぎになったのである。

ある日、定例の円卓会議が終了し、イライアスがクリスティーンを伴い自室に戻ろうとしていた時だ。他の重臣たちが退出したのを見計らったように、スペンサー首相が声をかけてきた。

「殿下、少しよろしいでしょうか?」

「首相、なんだろうか?」

「はい――殿下が王太子としてこの城に参られまして、早や四ヶ月が過ぎようとしております。殿下は人並み外れた才覚をお持ちで、次期国王に相応しいことに、もはや間違いはございません」

「お世辞はいらない」

イライアスはそっけなく答えたが、スペンサー首相は平然と続ける。

「いえいえ。これからの殿下の将来のためを考えまして、私がよき女人を用意させてもらいました」

「女人?」

「はい。おいネイサン、これへ」

スペンサー首相が戸口に待機していたネイサン財務大臣に声をかけると、彼がすばやく扉を開けて女性を招き入れた。

煌びやかなドレスに身を包んだ若く肉感的な美人である。美女はしずしずとこちらに歩み寄ってきた。スペンサー首相が自信満々で言う。

「これなるは、国一番の女優ナナリー嬢でございます。彼女は演劇界一の美人と評判も高うございます」

ナナリー嬢はしなを作りながら挨拶した。

「初めまして、殿下。ごきげん麗しゅう」

彼女の身に纏う濃厚な香水の匂いで、部屋中が咽《む》せ返るようだ。女性のクリスティーンでさえドキリとするほどの妖艶さである。しかし、イライアスは顔色ひとつ変えない。

「初めまして、ナナリー嬢。それで、首相？」

スペンサー首相はイライアスに耳打ちするようなポーズを取った。

「彼女を、今日から殿下のお身の回りの世話係とさせますする」

イライアスの片眉がぴくりと上がる。

「そんなものはクリスで用が足りている」

するとスペンサー首相がにたりと笑う。

「いえいえ殿下。彼女は夜のお世話係でございますよ」

クリスティーンは声を失う。イライアスの顔が強張った。

「なんだと？」

「殿下、いずれ国王となられるからには、後継ぎを残すという重大なお役目がございます。その時のためには、指南役の女性が必要でございます。ナナリー嬢はうってつけかと」

ナナリー嬢は艶美に微笑む。

「誠心誠意、殿下にお仕えいたします」

イライアスは感情を抑えた声で答えた。

「スペンサー首相、私はまだ政務をこなすだけで精いっぱいだ。そのような気遣いは、無用。ナナリー嬢にはお引き取り願う。以上だ」

彼はそれだけ言うと、早足で会議室を出て行ってしまう。

「あ、イライアス……」

クリスティーンは慌ててイライアスのあとを追った。背後で、ナナリー嬢が、

「首相閣下、どうしてもとあなた様に頼まれて登城いたしましたのに、これはどういうことですの？」

と、スペンサー首相に迫る声がした。スペンサー首相が、忌々しげに舌打ちしているのが聞こえる。

廊下に出ると、すでにイライアスの姿はない。一人でさっさと部屋に戻ってしまったのか。クリスティーンが急ぎ足でイライアスの部屋へ向かうと、扉の前にマッケンジー伯が佇んでいた。彼はクリスティーンに恐縮しながら告げる。

「ご令嬢、殿下はひどくご気分がお悪く、今は誰にも会いたくないそうです」

「そんな——イライアス、私よ、入れてちょうだい」

クリスティーンはマッケンジー伯を押しのけるようにして、扉を叩いた。しばらくすると、内側から静かに扉が開いた。イライアスは引き攣《つ》った表情で立っている。

「入っていい？」

そう言うと、イライアスは無言で後ろに下がって、クリスティーンを中に入れた。そのままイライアスはソファの上にどっかりと腰を下ろし、無言でいる。こんな不機嫌なイライアスを初めて見た。

「そんなに怒らないでちょうだい。スペンサー首相だって、あなたによかれと思ってのことだから――」

取りなすように言うと、イライアスがキッと睨《にら》んできた。

「だからって、あんな厚化粧の女にまとわりつかれたくはない。私はクリスが側にいればそれでいいんだ」

「イライアス……」

スペンサー首相の申し出には、クリスティーンも強い衝撃を受けた。しかし、それ以上にイライアスの頑なな態度も心配だった。なぜなら、スペンサー首相の言うことにも一理あると思えたからだ。いずれイライアスは国王になる。それは未来で知り得た歴史が語っている。だが、歴史によるとイライアスは独り身を貫いたことになっている。彼の子孫は存在しない。イライアスほどの血筋が残らないなんて、それではあまりにせつない。

クリスティーンの願いはただひとつ、未来の歴史を変えてイライアスが豊かで安泰な人生を送ることだ。それには彼の結婚も後継ぎの存在も含まれるのだ。

ソファの前に跪き、イライアスの膝に手を添える。

「ねえイライアス、あなたは未来の国王として、いずれは王妃に相応しい女性を選ばなくてはならないわ。それには、閨《ねや》の手ほどきだって必要ではないかしら？」

こんなことを言うのは、ほんとうは身を切られるように辛かった。だが、自分の気持ちよりイライアスの将来のほうがずっと大事だった。

イライアスの目からみるみる怒りが消え、悲痛な色を帯びた。

「クリス、君はそれでいいのか？　私が他の女性とそのような行為に及ぶことを、ほんとうに望んでいるのか？」

「っ――」

クリスティーンはイライアスの顔をまともに見られず、目線を逸らせ消え入るような声で答えた。唇が震えてしまう。

「だって……あなたのためなら……私はどんなことでも堪えられるわ」

「クリス、私の目を見て」

ハッと気がつくと、膝に乗せた手をイライアスがぎゅっと握っている。慌てて手を引こうとすると、逆に引き寄せられてしまう。

「あ――」

イライアスはクリスティーンの肩を抱き寄せ、怖いくらい真剣な顔で凝視してきた。

「私のためならどんなこともすると言ったね？」

「ええ……」

「では、君が閨の手ほどきをしてくれるか？」

「え――」

「可愛いクリス、私は君がいい」

イライアスは瞬きもせずまっすぐにこちらを見つめ、そのまま美麗な顔が迫ってくる。

「イライアス……」

心臓がばくばくしている。いけない、と頭の片隅で警告の声がする。しかし、他の女性がイライアスに閨の手ほどきをするくらいなら、いっそこの身を捧げてもいい、と一方で思ってしまう。だって兄妹同然で育ったけれど、血の繋がりはないのだ。クリスティーンは思わず目を閉じてしまう。

「私のクリス――」

しっとりと唇が重なった。彼の唇は驚くほど熱を帯びていた。

「ん……」

ゆっくりとイライアスが顔を動かしては、柔らかく唇を撫でる。その艶かしい感触に、クリスティーンの全身が甘くおののいた。

「んぅ……ん……」

イライアスの唇がクリスティーンの唇を喰《は》む。そして、舌先がちろりとクリスティーンの唇を舐めた。濡れた感触に、背中がぞくりと震える。ぬるぬると彼の舌が這《は》い、舌先が唇の合わせ目をつつく。そっと唇を開いて受け入れると、するりと彼の舌が忍び込んできた。

「あふ……」

思わず自分も舌を差し出し、イライアスの舌に応じていた。ちろちろと舌が擦れ合う。

「んふ……んんぅ……」

舌がきつく絡み合い、甘やかな心地よさがうなじから下肢に繰り返し走る。やにわにイライアスがちゅうっと音を立てて舌を吸い上げた。

「あふぁ……っ」

瞬時に全身を快感が走り抜け、クリスティーンの身体からくたくたと力が抜けた。

イライアスは両腕でしっかりとクリスティーンの身体をかかえ、さらに深い口づけを仕かけてくる。その情熱的で心地よい感触に、頭の中がぼうっとしてくる。

「あぅ、ふぁ、は、ぁ……んん……」

クリスティーンも夢中になって彼の舌の動きに応じていた。柔らかく肉厚なイライアスの舌に吸いつくと、その猥《みだ》りがましい感触に頭の中がさらにふわふわとしてくる。

「……ぁん、んぅ、んんふぅ」

互いの唾液を嚥下《えんげ》し、口腔をくまなく味わう。次第にイライアスの巧みな舌使いに翻弄され、やがては彼の思うままに口中を貪り尽くされてしまった。

「……は、はぁ……ぁ、ぁん……」

息を乱しながらうっとりとイライアスの口づけを享受する。

イライアスの右手が顔に添えられ、左手がゆっくりと背中を撫でた。と、ふいにそのまま腰を抱きかかえられ、横抱きにされた。

「あっ」

「寝室へ、行こう」

イライアスは返事を待たずに、そのまま奥の寝室へ向かった。クリスティーンは緊張と興奮で、頭の中がからっぽになった。

寝室はカーテンが閉じられて、うすぼんやりとしている。

イライアスは広いベッドの真ん中に、クリスティーンの身体を壊れもののようにそっと寝かせた。

イライアスがベッドに両手をついて、のしかかるように見下ろしてくる。彼の白皙の美貌がわずかに紅潮している。イライアスが少し掠れた声でささやく。

「クリス、いいかい?」

クリスティーンは喉がからからになって、声を出すことができなかった。こくんとうなずく。

　これから起こる未知の体験にわずかに恐怖を感じたが、愛するイライアスになにもかも捧げることができるのだと思うと、高揚感のほうが大きい。

　イライアスは少し震える手で、クリスティーンのドレスを脱がそうとした。だが、彼も初体験である。彼は性急に胴衣の前釦《まえぼたん》を外そうとするが、時間がかかる。

「く――女性の服はなんて複雑なんだ」

　イライアスが小声でつぶやくのが、なんだか可愛らしい。

「ふふ――女性のドレスの仕組みも覚えてちょうだいね」

　クリスティーンは笑みを浮かべ、自ら胴衣の釦を外しコルセットの紐《ひも》も解いていく。

　イライアスが息を呑んで、徐々に露わになるクリスティーンの白い肌を凝視している。いざ胸元が剝き出しになると、急に恥ずかしくなり両手で覆い隠してしまった。イライアスがふっとため息で笑う。

「隠さないで、全部見せて」

　クリスティーンはおずおずと両手を左右に開いた。

　たわわな乳房がふるんと溢れた。

「ああ――綺麗だ」

　イライアスが感嘆の声を漏らし、両手ですっぽりとクリスティーンの乳房を包んだ。少し汗ばんだ掌の感触に、ぴくりと肩が竦《すく》んだ。

「あ……」

「なんて柔らかい。指がめり込んで——ふわふわだ」

イライアスがうっとりした声を漏らし、ゆっくりと乳房を揉み込んできた。

「ん、んん……」

大きな掌が、やわやわと乳房を揉み込みながら、赤く色づいた先端に触れてくると、そこがゆっくりと勃《た》ち上がってきた。うずうずとした感覚が走り、乳首にもっと触れて欲しいと願ってしまう。すると、イライアスの指先がすっと乳首を撫でた。

「ひゃぁんっ」

ツンとした甘い疼きが走り、クリスティーンは甘い悲鳴を上げてしまった。

「ここが、感じるんだな」

イライアスは硬く凝《しこ》ってきた乳首を軽く摘まんだ。そして、くりくりと優しく捻り上げたり、指の腹で擦ったりしてきた。

「あっ、あぁ、んぁっ……」

触れられるたびに、悩ましい声が漏れてしまう。そしてどういう身体の仕組みなのか、乳首を刺激されるたびに、臍《へそ》の奥のあたりがきゅうっとせつなく締まる。はしたない場所がひくひくわななき、やるせない疼きがそこに溜《た》まっていく。

どうしていいかわからず、もじもじと太腿《ふともも》を擦り合わせて疼きをやり過ごそうとするが、かえって淫らな快感が湧き上がってしまう。それになんだか股間がぬるぬるして落ち着かない。

「これが感じる？」

イライアスはクリスティーンの反応をうかがいながら、指の動きを変えていく。ふいにきゅっと乳嘴《にゅうし》を捻り上げられ、腰がびくりと浮いた。一瞬の痛みのあとにちりちりと灼《や》けつくような痺れが広がる。

「あっ、あぁっん」

「――痛いか？」

イライアスが耳元で熱い息遣いでささやく。目尻に生理的な涙を浮かべながら、首を横に振る。

「言わないと、女性の身体のことがわからないだろう？」

イライアスが乳首を捏《こ》ねくり回しながら、少し意地悪い口調で言う。恥ずかしさに顔が真っ赤になるが、イライアスのためだと小声で答えた。

「き、気持ち、いい……」

「そうか。では、こうするとどうだ？」

イライアスは両手でたわわな乳房を寄せ上げるように摑むと、片方の硬く尖った乳首を口に含んだ。濡れた舌がねろりと乳嘴の周りを這い回ると、じんとした甘い疼きが全身に広がっていく。指で弄られるより数倍も感じてしまう。

「あ、ん、やぁ、舐めちゃ、いやぁ……」

息を乱して泣き濡れた声で訴える。

「舐めるほうが、いいのだろう?」

クリスティーンの反応が顕著になったことに、イライアスは気をよくしたようだ。空いているほうの乳首を指でいじくりながら、咥《くわ》え込んだ乳首を吸い上げたり舐め回したり、時には甘噛みしたりと、ねちっこく刺激してくる。官能の刺激が全身を犯し、頭が朦朧《もうろう》としてくる。無意識に擦り合わせている太腿の狭間が疼いてどうしようもなく、腰がひとりでにうねってしまう。

「は、はぁ、は、も、お願い……そんなにしないで、へ、変に……」

クリスティーンは息も絶え絶えになって訴える。

「いろいろ試さねば、女体のことが学べないだろう?」

イライアスはそう言って、クリスティーンの真っ赤に色づいた乳首を交互に口に含み、執拗に舐め吸い上げてくる。腰がジンジンと疼き、蕩けてしまいそうだ。下腹部の奥がざわめいて、乳首よりももっと別の場所に触れて欲しいと渇望する。

「やぁっ、だめぇ、許して……お腹の奥が、熱くて……おかしく……なっちゃう」

「だめ、許さないよ」

イライアスは逃げようとするクリスティーンの腰を左手でぐっと引き寄せ、舌をいやらしく蠢《うごめ》かせて乳首を攻め立ててくる。身体中が官能の炎に灼かれたようになってしまい、尿意を我慢するのにも似た感覚が、下腹部にどんどん溜まっていく。つーんと子宮の奥が甘く痺れる。

「あ、あ、あぁ、や、なにか、来る……っ」

クリスティーンはいやいやと首を振った。生まれて初めて知る官能の悦びに、理性も恥じらいも失ってしまいそうだ。

イライアスがこりっと凝りきった乳首の先端に歯を立てた瞬間、ぶるりと身震いが走った。

「あっ、っ、あ、あぁ……っ」

一瞬、なにもわからなくなり、次の瞬間ぐったりと力が抜ける。

ようやくイライアスが胸から顔を離した時には、全身が脱力してクリスティーンは身動きもできない。

「……は、はぁ、はぁ……」

「胸の刺激だけで、こんなにも感じるんだ」

イライアスの手が、胸元から脇腹を撫でる。どこもかしこもひどく敏感になっていて、それだけでびくびくと腰が跳ねる。

「ここは、どうかな？」

イライアスはスカートを捲《まく》り上げると、絹の靴下に包まれた華奢《きゃしゃ》な脚の線を下から上へなぞっていく。彼の手がドロワーズの裂け目から忍び込んだ。すんなりとした指先が、若草の茂みをさわさわと撫で、さらに奥へ侵入してくる。自分でも触れたことのない場所をまさぐられているのに、力が抜けきってしまい逆らうこともできない。

イライアスの指先が割れ目に沿ってすっと撫で下ろす。ぬるっと滑る感触がした。

「ひぁっ、はあっ」

直後、強すぎる快感が背中を駆け抜け、クリスティーンの腰がびくんと大きく跳ねた。

「ああ――濡れている」

イライアスが感に堪えないといった声を漏らす。

「女性は性的に感じてくると、ここが潤うと聞いている。ほんとうなのだな、クリス」

イライアスが探るように花弁をなぞると、溢れる蜜がくちゅくちゅと卑猥な音を立てた。

「や、やあ、そんなところ、触っちゃ……恥ずかしい……」

声を震わせると、イライアスはふっとため息で笑う。

「でも、触れられると、気持ちいいのだろう？」

彼の指が熱く疼いていた蜜口の浅瀬を二本の指でかき回すと、やるせない快感が湧き上がり、戸惑いながらも甘い鼻声が漏れてしまう。

「んんぅ、あ、はあ、やぁ……」

「そんな悩ましい顔をするんだね。クリス、堪らないよ」

イライアスは上半身を起こすと、スカートを腰の上まで捲り上げ、ドロワーズを引き摺《ず》り下ろし取り去ってしまう。

「きゃああっ」

下半身が剝き出しになってしまい、あまりの羞恥に眩暈《めまい》がしそうだった。両膝を引きつけて閉じ、顔を両手で覆ってぶるぶると身を震わせる。

「隠さないで、クリス。見せておくれ。女性の——君の身体を知りたいんだ」

イライアスは懇願するような口調で、クリスティーンの両膝にそっと手をかけた。

「ほら、力を抜いて——」

愛しい人からあやすような声で言われると、逆らえない。

「う、う……」

おずおずと両脚を開く。秘所がイライアスの眼前に晒された。顔を覆っていても、淫らな部分に、イライアスの視線が痛いほど注がれているのを感じる。

「あ、あんまり、見ないで……」

「いや、いっぱい見てあげる——なんて美しいのだろう。朝咲きの睡蓮《すいれん》の花のようだよ。

朝露に濡れて、しっとりと光っている」

「やめて、言わないで……」

自分でも見たことがない淫部を、イライアスの口から描写されるのはとてつもない恥ずかしさだ。全身の血がかあっと燃え上がり、心臓がドキドキと早鐘を打つ。

「見ているだけで、蜜が溢れてくる。花びらがひくひくして、私を誘うようだ」

イライアスの指が、くちゅりと秘所を暴いた。そのまま淫襞をなぞるように、上下する。

再び快感が湧き上がる。

「あ、あ、あん、や、あぁ……」

その時、イライアスの指先が割れ目の上辺に佇む、小さな突起に触れた。

「ひ――っ」

雷にでも打たれたような衝撃が背筋から脳芯までを走り抜け、クリスティーンは全身を波打たせた。

「ああここか、女性がどうしようもなく感じてしまう、小さな蕾《つぼみ》は――」

イライアスは花弁の襞の間に隠れていた秘玉を見つけ出すと、溢れる愛蜜を指の腹で掬い取り、そこに塗り込めるようにぬるんぬるんと触れてきた。堪えきれないほどの愉悦が次から次に襲ってきて、腰が蕩けてしまうかと思った。

「ひゃっ、ん、やあっ、そこだめ、あ、そこやあっ……っ」

凄まじい快感の連続に、クリスティーンの腰が思わず逃げようとした。イライアスは素早くクリスティーンの足首を摑んで、手前に引き寄せる。

「だめ、逃げないで——クリス、もっと感じて。君を感じさせたいんだ」

イライアスは小さな花芽を、触れるか触れないかの力でぬるぬると撫で回した。刺激を受けた小さな突起が、充血してぷっくりと膨れていく。

「やぁん、ダメ、お願い、ああ、そんなにしちゃ……私……私……」

あんなに恥ずかしかったのに、もはや頭の中は気持ちいいということしか考えられず、ひとりでに両脚が緩んで開き、求めるみたいに腰が前に突き出ていた。

「だめじゃないだろう？　ここがこんなに膨らんで——ああ、蜜がどんどん溢れてくるね」

イライアスはクリスティーンの反応に合わせ、指先で秘玉をコロコロと転がしたり、ぴんぴんと爪弾いたりする。感じすぎて怖いくらいで、やめて欲しいのに、もっとして欲しいという渇望もあり、どうしていいかわからない。

「ひぁ、あ、や、も、あ、あぁあ……」

淫らな喜悦は子宮の奥をぎゅうっと収縮させ、秘玉だけではなく隘路《あいろ》の奥にも触れて欲しいという欲求が高まってくる。隘路の奥からは、とめどなく蜜が溢れていた。

「ああすごいね、花びらがひくひくして、もの欲しそうだ。もっとして欲しいかい？」

イライアスの声が艶めいて掠れる。

「やぁ、もう許して、怖いの、怖い、変になりそう……」

下腹部全体に熱い快楽の奔流が荒れくるい、どんどん溜まっていく。逃げ場を失った愉悦が決壊しそうだ。そうなったらどうなるか想像もつかなくて、クリスティーンは本能的に怯えてしまう。

「いいんだ、このまま変になって──達《い》ってしまえばいい」

イライアスは指の動きをいっそう速めた。

「い、達くって……？」

息も絶え絶えになって聞き返す。

「気持ちよすぎて、限界に達してしまうことだよ──それが来たら、達くって言うんだよ。さあ、このまま淫らに達く顔を、私に見せて──」

イライアスは手を伸ばして、顔を覆っていたクリスティーンの手を剝がしてしまう。

「ああっ……」

快楽に歪《ゆが》んだ顔を見られ、羞恥に耳まで真っ赤に染まった。

「これはどう？」

イライアスはぱんぱんに腫れた花芯に指の腹を押し当て、小刻みに揺さぶってきた。

「ひゃぁあっ、あ、やめ、あ、だめ、あぁだめぇえ」

激烈な快感に目の前がチカチカしてくる。先ほど感じた激しい尿意にも似た感覚が、どんどん下肢から迫り上がってくる。それは激熱な大波になって、クリスティーンの理性をことごとく攫《さら》ってしまった。感じすぎて、眦《まなじり》から涙がぽろぽろと零れ落ちた。

「あー、い、達く、あ、あああぁぁっ」

背中が弓なりに仰け反り、四肢がぴーんと突っ張った。

「……あ、っぁ、あ……ぁ……」

クリスティーンは甘く啜り泣きながら、初めての絶頂を極めた。

強張っていた全身からふいに力が抜け、汗がぶわっと噴き出す。

「……はぁ、は……ぁあ、あ……」

息を切らしながら、絶頂の余韻に震える。胎内がひくりひくりと蠕動《ぜんどう》している。

「可愛いクリス、私の手で達ったんだね」

イライアスは嬉しげな声を漏らし、クリスティーンの汗ばんだ額に張りついた後れ毛をかき上げてくれた。

秘玉をいじっていた指が、そのままぬくりと媚肉《びにく》の狭間に押し込まれた。

「んぅっ」

違和感に腰が浮く。処女孔はイライアスの指を拒むように、ぎゅうっと締めつけ押し返そうとする。

「狭いね——指一本でもきつきつだ——これでほんとうに挿入できるのだろうか」

イライアスが心許ない声を出した。

「そ、挿入……？」

「ここに私を受け入れてもらうんだからね」

そう言いながら、イライアスは隘路の奥に指を突き入れ、ぐにぐにとまさぐる。

「ん、あ、く……」

違和感にクリスティーンは唇を噛みしめて堪えた。

「どんどん濡れてくるね、もう一本挿入《はい》りそうだ」

イライアスが中指と人差し指を揃え、ぐぐっと蜜壺に押し入れる。

「んんー」

内側から押し広げられるような感覚に、声が漏れる。

「痛いか？」

イライアスが気遣わしげに顔を覗き込んでくる。

「ううん、変な感じだけど、痛くはないわ……」

自分が今どう感じているか、イライアスに告げねばと思い、消え入りそうな声で答えた。

「そうか——きついけれど、だいぶほぐれてきたよ」

溢れる蜜のぬめりもあってか、イライアスの指の動きが滑らかになってくる。彼がゆっくりと指を出し入れすると、くちゅくちゅと恥ずかしい水音が立った。内壁を擦られると、重苦しいような熱が生まれて、性的快感にすり替わっていく。

「んん、ん……」

「中も感じる？　ああ、この締めつけ、堪らない」

イライアスは欲望を隠しきれない表情で見つめてきた。彼の指が、ゆっくり胎内から抜け出ていく。そして、かすかに衣擦れの音がしたかと思うと、イライアスはクリスティーンの右手を摑み、自分の股間に誘った。

「クリス、私に触れてみて」

「あっ……」

ごつごつとした太くて硬い屹立《きつりつ》に触れ、びくりとして手を引こうとしたが、イライアスの手がしっかりと引きつけて放さない。

「これが私だ、感じて」

色っぽい声でささやかれ、おずおずとイライアスの男根に触れてみる。

「あ、熱い……」

「そうだよ、君が欲しくてもうこんなになっているんだ」

「大きい……こんなに……」

「握ってみて、優しくね」

「う……はい」

言われるままに肉茎を握ってみるが、クリスティーンの小さな手には余るくらいに巨大だ。それに、手の中で別の生き物のようにびくびく震えている。

「すごく、硬い……」

「男性のここは欲望を感じると、硬く大きくなるんだよ、これを君の中に受け入れてもらう」

「こんなの、壊れちゃう……こ、怖い……」

思わず処女の本音を漏らしてしまう。

「大丈夫、優しくするから」

イライアスの美麗な顔が寄せられ、震えているクリスティーンの唇に優しく口づけを落とす。

「可愛いクリス、君が欲しい」

熱を帯びた眼差しで甘くささやかれ、クリスティーンはこれ以上拒むことはできなかった。

「イライアス、来て……」

彼の目を見つめ、答える。

「クリス――」

イライアスが片手で素早くトラウザーズを脱ぎ捨て、剝き出しの下半身をクリスティーンの両脚の間に押し込んできた。彼の逞《たくま》しい脚が、さらにクリスティーンの脚を押し広げる。こんなはしたなく脚を広げるなんて生まれて初めてで、それだけでも恥ずかしくて気を失いそうだ。

潤んだ蜜口に、熱くみっしりとした肉塊が押し当てられた。

「あ、あ……」

本能的に身が竦んでしまう。

先端が媚肉をかき分けて押し入ろうとするのを、息を詰めて待ち受けるが、力が入っているせいか、なかなか先へ進まない。

「く——きついな、押し出されてしまう。クリス、もっと力を抜いてごらん」

イライアスが息を弾ませる。

「ん、ん……ど、どうしたら……」

彼に協力したいのだが、なにぶん初めてなのでまったく要領がわからない。

傘の開いた亀頭の先が、ぐぐっと狭い入り口からゴリ押しで侵入してきた。ぎりぎりと押し広げられて痛みが走った。

「あっ、痛っ……」

小さく悲鳴を上げると、イライアスが腰の動きを止めた。彼はわずかに腰を揺らし、先端で蜜口の浅瀬をゆるゆるとかき回す。浅瀬を刺激されると、心地よさが生まれてくる。

「ぁ、ん、んん……あぁ、ん」

甘い鼻声が漏れ出すと、イライアスは再び奥へと押し進めてきた。最初ほどの痛みは感じなかったが、大きな塊に隘路をめいっぱい埋め尽くされる息苦しさは変わらない。息を詰めて堪えていると、イライアスが声をかけてくる。

「痛いかい？」

「い、痛くはないけれど、苦しくて……」

「息を吐いてごらん」

イライアスが顔を寄せてささやく。

「は、い……」

言われるままにゆっくり息を吐くと、じりじりと熱杭《ねっくい》が奥へ向かって挿入ってくる。

「もう少しだ——あと半分で全部挿入るよ」

もうすでに内臓が押し上げられそうなほど受け入れていると思ったのに、まだ半分も残っているのか。でも、この息苦しさに耐えなければイライアスと結ばれることはできないのだ。何度も息を吐き、下半身の力を抜こうとした。その様子が辛そうに見えたのか、イライアスが労わるような口調で言う。

「嫌なら、やめておくかい？」

イライアスの思いやりが胸に沁みる。クリスティーンは潤んだ目でイライアスを見つめ、しっかりした声で答えた。

「ううん、ちっとも嫌じゃないわ。お願いイライアス、どうか最後までしてちょうだい」

イライアスもまっすぐな眼差しで見返してきた。

「わかった──クリス、舌を出して」

「ん、こ、う？」

言われるままに赤い舌を差し出すと、やにわに噛みくような口づけを仕かけられた。舌の付け根まで強く吸い上げられ、頭が空白になる。

「んんーっ、んぅ、ふ、ふぁはぁ」

一瞬、口づけに意識が持っていかれた。

刹那、剛直がずずんと一気に最奥まで突き入れられた。

「っ──っ！」

激しい衝撃と激痛で、クリスティーンは目を見開き声も出なかった。

イライアスが陶然とした声を漏らし、ぎゅうっと抱きしめてきた。

「全部挿入った──クリス、君の中、なんて熱いんだ」

クリスティーンはイライアスの酩酊した表情を見ると、胸の中が感動でいっぱいになり、破瓜《はか》の痛みも忘れてしまう。

「あぁイライアス——」

両手でしっかりとイライアスの背中を抱きかかえ、彼の熱い肉体を全身で味わう。

イライアスの体温、息遣い、筋肉の感触、胎内に収まっている荒ぶる脈動——なにもかもが愛おしい。

（嬉しい——愛するイライアスと結ばれた。こんなにも幸せだわ）

「君の中、狭くてぬるぬるして、とても気持ちいいよ」

イライアスが耳元で掠れた声でささやく。

「動くよ」

彼がそっと腰を揺らした。

「あっ……あ」

破瓜したばかりの膣襞《ちつひだ》が肉茎に巻き込まれて引き攣る。目をぎゅっと閉じて、その痛みをやり過ごそうとした。

「痛いか？　私の身体にしっかりと摑まって」

イライアスはゆったりとした動きで抜き差しを繰り返した。

「ああ、とてもいい、クリス、女体とはこんなにも素晴らしいものなのか」

イライアスが感じ入った声を漏らす。今まで、こんな生々しい彼の声を聞いたことはない。背中がぞくぞく震える。

「でも、君もよくしてやりたいな」

イライアスは律動に合わせて揺れるクリスティーンの乳房に顔を埋めると、硬く勃ち上がった乳首をねっとりと舐めてきた。ひりつくほど敏感になっていた先端を、舐めたり吸われたりすると、じわじわと快感が込み上げ、新たな蜜が溢れてきた。肉胴の動きが滑らかになり、痛みよりも疼くような重苦しい熱さと快感が生まれてきた。

「あ、あんっ、んんぅ……」

「く――君が感じると、中が締まって――」

イライアスが少しずつ強く腰を穿《うが》ち始める。うねる媚肉を擦られるたびに、中が燃え上がるように熱くなり、奥のほうから深い愉悦が込み上げてくる。

「あ、あぁあ、あ、あぁ、ん」

艶かしい鼻声がひっきりなしに唇から漏れてしまう。傘の開いたカリ首が、膣壁を擦りながら最奥をぐぐっと押し上げると、これまで感じたことのない重深い快感が湧き上がってきた。

「いい声が出てきた。感じている?」

イライアスが嬉しげに青い目を細めた。そんな表情をされたら胸が甘く締めつけられ、もっといい声で啼《な》きたくなってしまう。

「んんぅ、中、熱くて……あぁ、イライアス、イライアス……っ」

灼けつくように熱くなった内壁をずんずんと擦られるのが、ものすごくいい。乳首や秘玉を刺激されてもたらされる鋭い快楽とまた違う、全身でイライアスを感じ一体となって生み出される快感に我を忘れてしまう。

「あ、あぁん、すご、い、あ、あぁ……」

結合部が打ち当たるたびにぐちゅぐちゅと猥りがましい水音が立ち、互いの乱れた呼吸音、クリスティーンの嬌声《きょうせい》が渾然一体《こんぜんいったい》となって、寝室の中に響いていく。

感じ入るたびに、ひとりでに媚壁がきゅうっと肉槍《にくやり》を締めつけ、それがイライアスには堪らなくいいようだ。

「はあ——クリス、すごい締めつけだ、食いちぎられそう——すごい、いいよ」

彼の甘く低い声が耳元で震える。その声にすらぞくぞくと感じてしまう。

イライアスが自分の中で心地よくなっているのだと思うと、誇らしいような泣きたいような感情がごちゃ混ぜになって、頭の中が煮え立ちそうだ。

「あ、あ、イライアス、気持ち、いい？　私の中、いいの？」

「最高だ、クリス、こんなの、よすぎて、もう止められないよ」

「いいの、好きなだけ感じて、動いて、もっと感じてちょうだい」

「いいのかい？　もう手加減できないよ」

「あなたの好きなようにして、そうして欲しいの」

「私のクリス――っ」

イライアスは上半身を起こし腕立てのように両腕をつくと、がつがつと力任せに腰を穿ってきた。

「ひゃっ、あ、あ、あ、激し……っ」

最奥をがんがんと突かれると、目の前に激しい官能の火花が散った。頭の中が真っ白に染まっていく。

「や、あ、だめぇ、すごい、そんなにしちゃ、ど、どこかに、行っちゃいそう……っ」

がくがくと揺さぶられ、身も心も振り飛ばされてしまいそうな錯覚に陥る。

「クリス、可愛いクリス、どこにもやらない、君は私だけものだ」

イライアスはクリスティーンの背中に腕を回し、ぴったりと引き寄せた。そのままずちゅぬちゅと激しい音を響かせて、さらに奥を抉《えぐ》ってくる。イキりたった肉楔《にくけい》の先端が、子宮口の手前あたりのひどく感じる部分を突き上げると、どうしようもなく感じてしまう。

「ひあっ、やぁ、そこ、だめぇ、そこ、やだ、おかしくなる……っ」

恥も外聞もなく、髪を振り乱して甲高い嬌声を上げ続ける。

「ここか？　ここがいいんだね？　クリス、もっとしてあげる」

クリスティーンの性感帯を探り当てたイライアスが、そこばかりをぐいぐいと押し上げてきた。全身の毛穴が開くような恐ろしいばかりの快感が襲ってくる。

「はあっ、あ、あぁ、あぁあ、や、あぁ、ああっ」

脈動する肉茎が、クリスティーンの蠕動《ぜんどう》する濡れ襞を力任せに擦り上げぴっちりと満たし、ぞくぞくする消失感と共に引き摺り出されていく。

これ以上は耐えきれないと思うのに、淫らな蜜壺はイライアスの肉棒を咥えて放さない。下腹部全体に渦巻き逃げ場を失っていた愉悦が、大きな波となってクリスティーンの意識を攫おうとしてきた。

「いやっぁ、もう、だめぇ、しないで、あぁ、もう、だめに……」

クリスティーンは感極まって啜り泣きながら、いやいやと首を振る。

「達きそうか？　クリス、達くのか？」

イライアスは呼吸を乱し、余裕のない掠れた声でささやく。

「ひあ、あ、きちゃう、また、きちゃうの、あ、あぁ、ああん、んんぅっ」

クリスティーンは身を捩り、これ以上の恐ろしいばかりの快楽から逃げようとした。

「そうか、達くか、私も――もう――っ」

イライアスは両手でぎゅうっとクリスティーンの身体を抱きしめ、がつがつと速く腰を打ちつけてきた。その衝撃の凄まじさに、クリスティーンはあられもない悲鳴を上げる。

「やあっ、あ、あ、も、あ、あ、あぁぁぁーーーっ」

がくがくと腰が痙攣《けいれん》し、爪先に力が入りきゅっと丸まる。

そして、意識が飛んだ。

絶頂の中で、灼熱の蜜壺が雄茎を絞り上げるように、断続的に収斂《しゅうれん》した。

「くっ——出る——っ」

イライアスが獣のように低く呻《うめ》く。

直後、どくどくと大量の白濁が最奥に吐き出される。

「……あ、あぁ、あ、ぁあ……」

イライアスは、二度三度と腰を打ちつけ、残滓《ざんし》までたっぷりとクリスティーンの膣洞の中に注ぎ込んだ。

クリスティーンは媚襞が熱いもので満たされるのを感じながら、ぐったりと力を抜いた。

すべてを出し尽くしたイライアスは、弛緩《しかん》した身体で覆い被さってくる。

「……はぁ、は、あ……はぁ……」

二人は汗でドロドロになった身体をぴったりと重ね合わせ、忙しない呼吸だけを繰り返した。

クリスティーンは男の熱い身体の重みをぼんやりと感じながら、途方もない多幸感に酔いしれていた。

（ああ……私、イライアスに初めてを捧げたんだわ……）

愛する男性は彼しかいない。

結ばれるのなら、イライアスしかいない。婚約を受け入れた時には、すべてを諦めていた。それが、思いがけなくもこうして結ばれることができた。

もう思い残すことはなにもない、とすら思えた。

息を整えたイライアスが、労るようにささやく。

「――途中から、乱暴にしてしまったな。すまない。私も初めてで、歯止めが利かなかった」

イライアスのこういう深い優しさが心に沁みる。

「ううん……大丈夫よ」

クリスティーンは彼の広い胸に顔を擦りつけ、甘えるような声を出した。

「最後までいけて、よかった――あなたの役に立てたわ、嬉しい……」

涙が込み上げてくる。

「役にだなんて――そんなふうに言わないでくれ、可愛いクリス」

イライアスが乱れた髪をそっと撫でた。

「君とでよかった。君としか、考えらない――」

(そんなに優しくしないで……なんだか、悲しくなってしまう)

だってこれはイライアスの未来のための手ほどきなのだ。

いつか、イライアスはほんとうに愛する女性に巡り合い、その人と真に結ばれるのだ。

（それでいいの、私はそれまでの練習相手でもいいの、イライアスのためなら、私はなんだってできる……）

そう思っているうちに、精魂尽き果てたせいか、ふうっと意識が眠りの底に落ちそうになる。

「私の可愛いクリス——」

イライアスが髪を梳《す》きながら、小声でささやいたような気がした。

「——しているよ、クリス」

その声はぼんやりとして、よく聞き取れなかった。

「私の可愛いクリス——愛しているよ、クリス」

イライアスは小声で何度も繰り返しささやく。

そして、腕の中でこんこんと眠るクリスティーンの、あどけなさの残る寝顔を見つめた。

陶磁器のように滑らかで白い肌、ほっそりした華奢な身体は、ついさっきまでイライアスによって熱く抱かれ、破瓜したばかりだ。

ずっとクリスティーンを愛していた。

それは、初めて彼女に会った時からだ。

それまで、理由もわからず両親が誰かも知らないまま、がらんとした屋敷に大人の侍従にばかり囲まれて育った。

とても孤独だった。

だから、十歳の時にアーノルド公爵家に引き取られ、愛らしいクリスティーンに明るく迎えられた時は、どんなに嬉しかったろう。彼女は天使のように美しくキラキラしていた。勝手のわからないイライアスを「お兄様」と呼んで、実の兄妹のように親密に接してくれた。

クリスティーンのほうは兄妹愛以上の気持ちはないだろうが、イライアスは年毎に彼女を一人の女性として見る気持ちが高まっていた。年頃になったクリスティーンが、なかなか結婚に踏みきらないことを、密かに喜んでいたくらいだ。

それなのに、王命でクリスティーンに隣国の第二王子との婚約話が持ち上がり、その時は絶望の底に突き落とされた。必死で両親に反対したが、誰が見てもこの婚約は玉の輿《こし》である。それに、クリスティーン自身が婚約を承諾していた。イライアスに止める手立てはなかった。

一度は、クリスティーンの幸せを祈り、身を切られるような思いで隣国に送り出したのだ。

それが、相手の第二王子がとんでもない不誠実な人間であるとわかり、クリスティーンが婚約破棄されて出戻ってきた時には、傷心の彼女には申し訳ないが内心小躍りした。

自分は結婚などしなくてもいい。クリスティーンへの恋心を隠したまま、彼女を一生守ろうと決めていた。

数奇な運命の巡り合わせで我が身が王の落とし胤だとわかり、こうして王太子として王城に住むことになった。

子どもの頃から国を憂える気持ちが強かったのは、王家の血筋のなせるわざだったのか。最初は戸惑いも葛藤もあったが、今は次期国王として強い責任を感じている。それは、クリスティーンが側にいて、自分を支え励ましてくれるからこそだ。

いつか、国王として即位する日が来たら――。

その時こそ、クリスティーンに求婚するのだ。

彼女は名門アーノルド公爵家の娘だ。王妃として迎えるのに、誰も異論はないだろう。

ただひとつ――肝心のクリスティーンの気持ちが問題であった。

『私は妹として、あなたを全力で支えるわ』

などと目をキラキラさせて口癖のように言う彼女の兄妹愛を、どうやったら異性愛に変えることができるのだろう。

彼女がこうして身体を投げ打ってまでイライアスに尽くしてくれるのは、兄として慕ってくれているのと、婚約破棄されて結婚の望みが絶たれた諦念の気持ちからだろう。

性急に愛情を告白して、クリスティーンに失望されたくはない。

でも、うかうかして彼女を他の男性に奪われたくはない。クリスティーンが婚約した時の、あの絶望感をもう二度と味わいたくない。またそんな事態になったら、イライアスは相手を殺めてしまうかもしれない。

クリスティーンは自分だけのものだ。


晩餐の時間まで、イライアスの腕の中で深い眠りを貪ってしまった。

「私のクリス、目を覚まして。そろそろ起きないと」

イライアスに優しく揺さぶられ、やっと目を覚ました。

「あ——私ったら……」

慌てて起き上がろうとして、一糸纏わぬ姿なのに気がつき顔が真っ赤になった。慌てて毛布を引き寄せて身体を覆う。すでに身支度を整えていたイライアスが、ベッドに身を乗り出してシュミーズを差し出す。

「ごめんね、少し激しくしてしまったかも——私も初めてだったから。どこか痛めてしまったところはないかい？」

「ううん……」

まだ股間に違和感はあるが、動けないほどではなかった。だが、内壁にイライアスの灼熱の欲望の余韻が生々しく残っていて、猥りがましい気持ちがまだおさまらない。シュミーズを受け取り、毛布の中でもぞもぞと着込んだ。

「晩餐は少し遅れるとマッケンジー伯に言っておいたから、ゆっくり身支度をすればいい」

イライアスは着替えをするクリスティーンに気を使ってか、背中を向けて言う。すでになにもかも曝《さら》け出したのに、そういう気配りを忘れないところがイライアスらしい。

ドレスを整えながら、クリスティーンは小声でたずねる。

「あの……私、役に立てた？」

イライアスが顔だけ振り向け、白い歯を見せた。

「もちろんだよ。最高の初体験だった」

「そ、そうなら、よかったわ……」

するとイライアスが目元を赤くして、小声で聞き返した。

「君は？　——その、初体験はどうだった？」

「え、あ、あの……」

恥ずかしくてイライアスの顔をまともに見られず消え入りそうな声で答える。

「す、素晴らしかった、わ……」

イライアスはほっとしたようだ。

「それなら、よかった」

二人の間に、もじもじとした空気が流れた。

身支度を終えると、イライアスがくるりと身体ごと振り返る。すっかりキリリとした雰囲気に戻っていた。

彼はつかつかと近寄ると、右手を優美に差し出した。

「では行こうか、クリス」

「はい……」

彼のエスコートは気品がありとてもスマートだ。

彼の右手に自分の手を預け、並んで歩き出す。イライアスは扉の前で重々しく言った。

「マッケンジー伯、扉を開けよ」

扉を開ける前に、イライアスが耳元で甘くささやいた。

「今夜も、私の寝室においで」

「あ――はい」

クリスティーンは羞恥で耳まで真っ赤に染まるのを感じた。マッケンジー伯に変に思われないかと、内心冷や冷やだった。


それからの日々。

イライアスは王太子としての力量をますます発揮し、毎日熱心に執務に打ち込んだ。もはや、誰もがイライアスの実力を認めるようになっていた。スペンサー首相でさえ、表立ってはイライアスに恭順しているように見えていた。

イライアスの前途は揚々のように見え、クリスティーンも胸を撫で下ろした。

そして、夜は必ず閨を共にした。

互いの身体を確かめ合い、快感を分かち合い、官能を深めていく。イライアスは女体の仕組みをあっという間に呑み込み、クリスティーンを感じさせる手練手管をどんどん上達させていく。これもイライアスの将来のためだと、クリスティーンは内心自分に言い訳した。

一方で、もはや身も心もイライアスの虜になっているのがわかっていた。

第三章　私は失礼いたします

　ある日の円卓会議終了後、スペンサー首相が恭しく切り出した。

「殿下が王家に入られて、半年が過ぎようとしております。ここらで、殿下が正式なグッドフェロー王家の後継ぎであられることを国内外に周知させるためにも、王家主催の舞踏会を大々的に開催なされるとよろしいでしょう」

「舞踏会だと？」

　イライアスはそっけなく答える。

「私は派手派手しいことは好かない」

「恐れながら、グッドフェロー王家では、王太子殿下や王女殿下のお披露目には、必ず舞踏会を開くのが習わしでございます。国内外から名だたる来賓を招き、我が国の威信を知らしめる役割がございます。これも社交と外交のためでございますよ、殿下」

　スペンサー首相が言い募った。

　他の重臣たちも賛同する。

「殿下のご立派なお姿は、国外にも大きな誇示となります、ぜひ」「殿下の評判は国外にも広まっております。ここはグッドフェロー王国の将来のためにも、お披露目なさるのが得策でございます」

「そうか――」

少し考え込んだイライアスは、側のクリスティーンに顔を振り向けた。

「君もそう思うかい?」

「そうね。あなたが公にお目見えすることは必要だと思うわ」

クリスティーンがそう答えると、イライアスはうなずいた。

「わかった。では王家主催の舞踏会を開くことにする」

スペンサー首相は我が意を得たりとばかりに顔を綻ばせる。

「では早速、招待客のリストアップに入ります。舞踏会の準備については、これまで王家で催した前例に倣えばよろしいでしょう。そちらは、マッケンジー伯にお任せする」

「承知しました」

任せられたマッケンジー伯は、緊張した声で応じた。

一同が解散したあと、イライアスはマッケンジー伯に労る声をかけた。

「重責だが、あなたならと立派にやり遂げると私は信じている」

マッケンジー伯は感動した面持ちで答える。

「殿下にそのようにお優しい言葉をかけていただき、私は全身全霊で成し遂げる所存でございます」

それから彼は、ふと思い出したように言う。

「そういえば、王家の人間の初めてのお披露目の時には、主催者が最初のワルツを踊る習わしになっております。殿下、お相手の女性を選ばねばなりません。グッドフェロー王家では、既婚ならば奥方様と、未婚の男性は相応の身分の高い貴婦人とダンスをするのが慣例でございます」

イライアスが眉を顰《ひそ》める。

「それなら、クリスがよい。アーノルド家にいた時は、よく彼女とダンスを踊ったんだ。他の女性など――」

マッケンジー伯が控えめに言う。

「殿下、クリスティーン様はいちおうお身内でございますから――お相手は既婚の貴婦人でも構いません。私が相応の場慣れたお方を見繕いますから」

イライアスが表情を和らげた。

「既婚の婦人でもよいのか。では、マッケンジー伯、よろしく頼む」

「承知しました」

成り行きを見ていたクリスティーンは、内心ほっとする。独身の美女の令嬢などがお相手になったら、嫉妬で息が詰まってしまったかもしれない。

そんなクリスティーンの心情を察したのか、イライアスがすかさず言う。

「だが、ダンスの練習相手なら、身内でも構わないだろう？　クリス、私のダンスの相手をしてくれるね？」

「もちろんよ、イライアス」

考えたら、王家に入ってから目の回るような忙しさで、二人でダンスなど踊っている時間はなかった。

アーノルド家では、祝い事などの折々に、ささやかな舞踏会を開いていた。イライアスとクリスティーンは一対になって、よくダンスをお披露目したものだ。美しい二人のダンス姿は、招待客から大喝采を得た。

しかし、今度の舞踏会は国を挙げての大がかりなものだ。イライアスが王太子として、国内外にお披露目をする大事な場にもなる。

彼に恥をかかせるわけにはいかない。

自室に戻ると、ダンスの教本を引っ張り出し、基本のステップの復習をしていた。そこに、侍女が客人の訪れを告げる。

「お嬢様、ジェラルド公爵夫人がおいでです」

「夫人が？　すぐにお通しをして、お茶の用意をしてちょうだいね」

案内されて部屋に入ってきたジェラルド公爵夫人は、お土産《みやげ》の白いヘリオトロープの花束を差し出しながら微笑む。

「ごきげんよう。クリスティーン、実は先ほど王家から、私に連絡が来ましたの」

「ごきげんよう、公爵夫人、なんの御用向きでした？」

「それがね、今度王家で開かれる舞踏会で、私が王太子殿下のお披露目ダンスのお相手を務めることになったのだそうよ」

クリスティーンは目を輝かせた。

「まあ、公爵夫人が？　うってつけのお役目ですわ」

気心の知れたジェラルド公爵夫人なら、安心してイライアスのダンスの相手をお願いできる。

（マッケンジー伯、よい仕事をしました）

と、胸の中で拳をぐっと握る。

「そう言ってくれると嬉しいけれど、殿方とダンスをするのは久しぶりで、少し緊張するわね」

「イライアスは——殿下こそ初めてのお目見えで気をお張りになるでしょうから、どうぞ夫人がリードしてさしあげてくださいね」

「ふふ——精いっぱい務めさせていただくわ」

その後は、二人で園芸の話で盛り上がった。

かくして、毎日晩餐のあと、城内の小ホールでイライアスとダンスの練習をすることになった。

「そうか、ジェラルド公爵夫人は君の知り合いだったのか」

イライアスはクリスティーンからダンスの相手である夫人の話を聞き、ほっとした表情になった。

「クリスがお勧めする人なら、私も安心だ」

「ええとてもお優しくて素敵な貴婦人なの。私、なんだか第二のお母様みたいに思う時もあるのよ」

クリスティーンはダンスの練習用にスカートが大きく広がるドレスに着替えていた。グッドフェロー王国の社交界で主たるダンスは、メヌエットと呼ばれるものだ。

男女が音楽に合わせて独特のステップを踏んで、向かい合ったり手を取り合ったりして、優雅に踊るスタイルである。動きは一見単純に見えるがステップは複雑で、男女がぴったり揃わなければ見栄えがしないのだ。

イライアスはラフな絹のシャツに白いトラウザーズ姿だが、靴だけはダンス用のしっかりしたものを履いている。彼は、

「ええと最初に左脚の膝を曲げて、その後爪先を丸めたまま足首を伸ばし、次に右脚を同

じように――」

などと口の中でぶつぶつつぶやいて、ステップの確認をしている。女性はスカートで隠れて足元がよく見えないから、少しくらいステップを間違ってもごまかせるのだが、男性はそうはいかない。ぎこちない動きはひと目でバレてしまう。よくも悪くも、メヌエットの出来栄えは男性にかかっていると言える。

クリスティーンはイライアスの気持ちをほぐすように、柔らかく声をかけた。

「少し動いていれば、すぐに思い出すわ。とりあえず、踊りましょう。私が合図するわ。いい？　一、二、三」

二人は一メートルほど間隔を取って向かい合い、ステップを踏み始めた。優雅に動きながら、少しずつ距離を縮める。

「一、二、三、一、二、三。イライアス、足元を見てはだめよ。常にお相手の顔を見なくちゃ」

クリスティーンが注意する。

「わかってる、クリス」

イライアスは真剣な顔で答える。

今度は右手同士を合わせ、ゆっくりその場で回る。

さすがに運動神経抜群のイライアスは、すぐにコツを思い出し、滑らかに足を運び出した。

「一、二、三、一、二、三、次は横に並んで前に出るわよ」

「わかった」

夜の小ホールは灯りを落としているので、天窓からの月明かりがくっきりと差し込み、二人の姿を照らし出す。

「いいわよ、その調子、一、二、三、さあ、笑って、にこやかに」

イライアスとクリスティーンはまっすぐに視線を合わせ、微笑み合う。

楽しい。ひたすら楽しい。

こうやって、イライアスといつまでも踊っていたいと心から思った。

でもいつか、イライアスは真に愛する女性と巡り合い、生涯の伴侶とするだろう。ダンスもその人と踊るだろう。

だから、こうしていられるのはほんのひとときだ。

「ずっとこうして君と踊っていたいな」

イライアスがぽつりと漏らす。同じことを考えていたのかと、胸がドキンと跳ねた。

「私は時々思うんだ。もし、兄上が急死しなかったら、私はずっとアーノルド家の息子として、君と共に暮らせたのに――ってね」

クリスティーンは心臓がきゅんと疼いたが、冗談に紛らわそうとした。

「いやだわ、二人で行き遅れになるつもり？　どっちにしたって、あなたは後継ぎを残すために結婚しなくちゃダメよ」

「結婚なんて――」

ふいにイライアスがぴたりと足を止めたので、クリスティーンは二、三歩よろめいてしまった。そのままイライアスの腕にすっぽりと抱き止められた。

イライアスがぎゅっと抱きしめてくる。彼はクリスティーンの髪に顔を埋め、深々と息を吸った。そしてそのままじっとしている。ぴったり合わさった胸を通して、イライアスの鼓動がドキドキと大きく脈打っているのを感じた。このまま永遠に彼の腕の中にいたい、と渇望しそうになり、ハッと我に返る。

「イライアス、苦しいわ……放して、ダンスの続きを――」

クリスティーンが身を捩って逃れようとすると、イライアスはさらに腕に力を込めて放すまいとした。そして、耳元でくぐもった声でささやく。

「ねえクリス、もしいずれ私がこの国の頂点に立つ時が来たら――その時は、君を――」

その時、小ホールの扉をコツコツと叩く者がいた。

「殿下。そろそろお休みになりませんと、明日は早朝から騎馬隊の閲兵式がございます」

マッケンジー伯の声だ。

イライアスがぱっと両手を離した。

「そうだったな。今、戻る」

彼は扉に向かって、落ち着いた声で返事をした。そして、クリスティーンに顔を振り向けた。いつもの穏やかな表情だ。

「遅くまで付き合わせてしまったね。部屋に戻ろうか」

「ええ、そうね」

クリスティーンもいつもと変わらない態度で答えた。二人は手を取り合って、小ホールをあとにした。互いに視線を合わさず、黙って足を運んだ。

（いつか国王の座に就いたら、イライアスは私をどうするつもりだというのかしら――）

部屋に戻る道すがら、クリスティーンは頭の中であれこれと考えを巡らす。

（きっと、その時には国王の自覚を持って、きっぱりと妹コンプレックスを卒業するつもりなのだわ。当然よ、それが一番いいのよ）

イライアスが立派な国王になることは、未来の記憶でわかっている。その彼が、さらに幸せな国王になることだけが、クリスティーンの望みだ。だから、イライアスの意思を一番に尊重しよう。別れの時が来ても、決して涙は見せまい。笑ってイライアスを明るい未来へ送り出してあげるのだ。

王家主催の舞踏会の準備は滞りなく進んだ。

毎晩クリスティーンとたっぷりダンスの練習を積んだイライアスは、ジェラルド公爵夫人とのリハーサルダンスも完璧にこなした。あとは当日を待つばかりだ。

その日は雲ひとつない晴天で、王城には国内外からの賓客が続々と登ってきた。皆それぞれに艶やかな衣装に身を包んでいる。

城内で一番広い鏡の間の大ホールは、天井から床までピカピカに磨き上げられた。ホールの一番奥に階が設けられ、宝石を埋め込んだ立派な玉座が置かれた。王家専属の楽団が、優美な曲を奏で、案内された賓客たちを出迎える。少し古風なお仕着せに身を包んだ侍従たちは、銀の盆にのせたウエルカムカクテルを人々に配って回る。賓客たちはそれぞれに飲み物をいただきながら談笑し、イライアス王太子の登場を今や遅しと待っていた。

控えの間では、この日のために新調した純白の礼装に身を包んだイライアスが、椅子に座って待機していた。クリスティーンは、イライアスの髪を直したりクラヴァットの形を整えたりと、時間ぎりぎりまで彼の世話を焼いた。

「ああ私までドキドキしてきたわ、イライアス、落ち着いてね」

クリスティーンの言葉に、イライアスが微笑む。

「大丈夫だよ。私は本番に強いからね。それより、君のその薄紅色のドレス、とてもよく似合うよ」

クリスティーンはぽっと頬を染めた。当日は裏方に回ろうと思っていたのだが、イライアスが、

「私の初めての公の大仕事だよ、クリス。君も舞踏会場にいて、私の晴れ姿を見届けてくれなくてはだめだよ。もちろん君も正装するんだ」

と言い張り、わざわざ新しいドレスを贈ってくれたのだ。袖なしで襟元が深くウェストを締め大輪の薔薇《ばら》のようにスカートを大きく広げたデザインは、クリスティーンの初々しい美を引き立たせると共に少しだけ大人びて見せた。

控えの間に顔を見せたスペンサー首相は、イライアスの姿をへつらうように賛美した。

「これはこれは⁉　グッドフェロー王家始まって以来の美男子王太子であられる。殿下は座っておられるだけで、人々を魅了なさいますな」

「私は見せ物ではない」

イライアスは憮然《ぶぜん》として答える。

「まあ、本日つつがなく終わることを心よりお祈りしていますぞ。私も殿下の呼び出し係として、重責がありますのでこれにて失礼します」

スペンサー首相はなんだか含みを持たせた言い方をして、立ち去った。

「殿下、お出ましのお時間です」

マッケンジー伯が声をかけてきた。

「よし、では参ろうか」

イライアスがすくっと立ち上がる。彼は先導する儀仗《ぎじょう》係のあとから、背筋をぴんと伸ばして歩いていく。

「イライアス、私はお客様たちに交じって見ているから」

背中に声をかけると、イライアスが前を向いたまま軽く手を振ってくれた。

クリスティーンはほっと息を吐き、裏の廊下から回って大ホールに入った。大ホールはさんざめく人々で埋め尽くされている。クリスティーンは首を巡らせて、ジェラルド公爵夫人の姿を探した。予定では、夫人は玉座に一番近い位置で待機しているはずだ。だが、まだその姿は見つからない。

「おかしいわ、時間にきっちりした夫人ならとっくにおいでになっているはずなのに」

クリスティーンはわずかに不安な気持ちになる。

と、王家専属の楽団が、重々しい国家を奏で始めた。ぴたりと賓客たちの会話がやんだ。

「イライアス王太子殿下の御成でございます」

スペンサー首相が階の側に登場し、イライアスの出座を高らかに告げる。

その場にいる者全員が、深く頭を垂れる。クリスティーンも倣った。大ホールがしんと静まり返る。こつこつと足音が聞こえてきた。

見えなくても、イライアスの気配がはっきりとわかる。

ほどなく、凛とした艶やかな声が大ホールに響き渡る。

「王太子イライアス・グッドフェローである。本日は私のために大勢のお集まり、感謝の念に耐えぬ」

威厳のある声色は、すでに王の風格すら感じさせる。

王家専属の楽団の演奏が、明るく心踊る雰囲気の曲に変わった。

「今宵は無礼講。さあどうぞ皆様、ご歓談願いたい」

イライアスの言葉に、皆がゆっくりと顔を上げた。期せずして、大ホール中に感嘆の声が上がった。

玉座に腰を据えたイライアスは、眩しいほど輝いて見えた。

金糸で細かい刺繍《ししゅう》が施された立襟の純白礼装は、上背がありすらりとしたイライアスにぴったりと馴染み、気品に溢れていた。艶やかな金髪を綺麗に撫でつけ、涼やかな青い目、高い鼻梁《びりょう》、きりりと引き結んだ形のいい唇、彫刻のように整った美貌はその場にいる者全員を魅了した。

(あぁイライアス、素敵よ。立派よ)

クリスティーンは誇らしさに胸がいっぱいになった。

と、その時、マッケンジー伯が人々の中を縫うようにしてこちらに向かってきた。顔色が悪い。彼はクリスティーンに声を潜めて話しかけた。

「クリスティーン様、大変です。ジェラルド公爵夫人の乗った馬車が、城へ向かう途中荷車と衝突したそうです。夫人はお怪我をなされた模様です」

「なんですって？」

思わず大声を出しそうになり、慌てて手にした扇で口を塞ぐ。

「――公爵夫人のお加減は？」

「幸い、軽傷だそうですが、ダンスを踊ることは難しいと――」

「なんてこと……！　よりによってこの日に……」

クリスティーンは突然のアクシデントに、どうしていいかわからない。

マッケンジー伯に命じられたのか、一人の侍従が階の陰からイライアスに耳打ちした。

事の次第を聞いたイライアスは、一瞬眉を寄せたが、すぐに穏やかな表情に戻った。

「マッケンジー伯、お披露目のダンスはなしにするようにスペンサー首相に伝えて――」

クリスティーンが言いかけた時、やにわにスペンサー首相が高らかに告げた。

「ご来場の方々、殿下の最初のダンスをご披露いたします」

スペンサー首相が楽団に合図すると、曲がメヌエットに変わる。

人々は壁際に寄り、曲に合わせて手拍子を始めた。

イライアスは座ったままだ。

手拍子をしている人々が、少し怪訝《けげん》そうな顔になる。

スペンサー首相が促すように言う。彼は意地悪い笑みを浮かべていた。

「さあ殿下、遠慮せず最初のダンスをどうぞ」

「イライアス……」

このまま座っていては、人々が不審に思うだろう。クリスティーンは目の前が真っ暗になるような気がした。

すると、イライアスがさっと立ち上がった。

彼は落ち着いた足取りで、ゆっくりと階を下り一歩一歩こちらに歩みを進めてくる。

「……」

クリスティーンは棒立ちだった。

イライアスはクリスティーンの前まで来ると、優雅に一礼した。

「アーノルド公爵令嬢、どうぞ私の最初のメヌエットのお相手を願います」

顔を上げた彼は、力付けるような顔でかすかにうなずいてみせた。

クリスティーンは緊張で心臓が破裂しそうだった。だがこんな衆人環視の中で、イライアスに恥をかかせることだけはできない。

目を閉じ深く息を吸うと、キッと顎を引いた。そして、とびきりの笑顔を作った。

「——お受けいたします」

すっと右手を差し出す。

イライアスと手を取り合い、大ホールの中央に進み出る。

向かい合うと互いに優美に一礼し、曲に合わせてステップを踏み出す。

ほおっと周囲から感嘆の声が漏れた。

二人の息はピッタリで、足捌きに少しのズレもなかった。イライアスのダンスは指先からつま先まで神経が行き届いていて、バレエダンサーのような滑らかな動きをする。

始めはひどく緊張していたクリスティーンだが、まっすぐにイライアスと視線を合わせていると、次第に彼のことしか見えなくなった。

（ほんとうに凛々しくて素敵だわ、イライアス）

気持ちを込めて目で語ると、イライアスは同じような感情を込めた眼差しで応じてくれた。

踊り終わると、万雷の拍手が湧き起こった。

イライアスとクリスティーンは手を取り合って、周囲に向かって繰り返しお辞儀をした。

人々は口々に称賛の言葉を投げかけ、拍手はなかなか鳴りやまなかった。目の隅に、目を潤ませて拍手をしているマッケンジー伯と、苦虫を嚙み潰したような顔をしているスペンサー首相の顔がちらりと見えた。

イライアスは白皙の頰をわずかに紅潮させ、クリスティーンにだけ聞こえる声でつぶやいた。

「ありがとう、私の可愛いクリス。君がいてくれて、ほんとうに助かった」

その口調に安堵の色を感じ、何事もなく落ち着き払って見えたイライアスも内心は緊張していたのだな、と思う。胸がじんと甘く疼く。

「あなたの役に立てて、よかったわ」

イライアスに誘導され、人の輪に戻ろうとした時である。

「殿下、素晴らしいダンスでございました」

スペンサー首相が一人の若い貴婦人を伴って近づいてきた。クリスティーンと同じ年頃だろうか、金髪の艶やかな美貌で、襟元や袖口やスカートの裾にふんだんにレースを施した豪華な赤金色のドレスがよく似合う。右肩から左脇にかけて、王族の証である大授と呼ばれる錦糸を縫い込んだたすきをかけている。クリスティーンは素早く横に退いて、頭を下げた。

スペンサー首相がその若い貴婦人をイライアスに紹介した。

「殿下、フェリス王国のアナベル・フェリス王女殿下にございます。ぜひ殿下にご挨拶したいとのことでございます」

「アナベルです。イライアス殿下、このたびはご招待ありがとうございます。素晴らしいダンスでしたわ」

アナベル王女がしなを作ってイライアスに挨拶した。頭を下げていたクリスティーンはどきりとする。フェリス王国の王女ということは、かつてクリスティーンを婚約破棄したヘンリー第二王子の妹に当たるのだ。

「ようこそおいでくださいました、王女殿下」

イライアスは礼儀に則り、アナベル王女の右手を取ってその甲に恭しく口づけする。

「ねえ殿下、次のダンスはぜひ私と踊ってくださいな」

アナベル王女が甘えるような口調で言う。

「いや、私は――」

イライアスが断ろうとすると、スペンサー首相がすかさず口を挟んだ。

「殿下、王女殿下のお誘いをお断りしては礼儀に反しますぞ」

クリスティーンも口添えした。

「そうよ、イライアス。ここは公の席なのだから」

そう言われて、イライアスは一瞬だけ不機嫌そうに押し黙ったが、すぐに優しげな声を出す。

「では王女殿下、一曲お願いします」

「まあ嬉しい！」

アナベル王女は嬉々《きき》として、イライアスに手を取られてホールの中央に出て行った。その間クリスティーンはじっと頭を頭を下げたままだった。

人々は、王太子と王女のダンスに歓声を上げ、その場の空気は最高潮に盛り上がっている。生まれながらの王家の人間であるアナベル王女は、やはり品格が違う。とてもお似合いの二人だ。二人のダンスを見ながら、クリスティーンはちくちく痛む胸を押さえた。

（これも王太子として、必要な外交のお役目なのよ）

しかし、仲良さそうに踊る二人の姿を見ていたくない。背中を向け、こっそりと舞踏会場をあとにした。廊下に出て、柱の陰に身を潜めるようにしてダンス曲が終わるのを待っていた。

「ごきげんよう、アーノルド公爵令嬢」

ふいに背後から声をかけられて振り返ると、そこにはニヤニヤ笑うヘンリー第二王子が立っていたのである。酒を飲んだのか、顔が赤い。

クリスティーンは嫌悪に表情が歪みそうになるが、ここは城内だ。礼節を失ってはならないと思い返し、ぎこちなく笑みを浮かべて挨拶した。

「お久しぶりでございます、殿下」

「いやあ、妹のお供で招待にあずかったが、よもや君に再会できるとは思わなかったぞ」

ヘンリー第二王子は、馴れ馴れしくクリスティーンに身体を寄せてくる。

「しかし、まさか君の兄上が国王陛下の落とし胤とは、人生とはわからないものだね。それで君は婚約破棄された傷物の女のくせに、ちゃっかり王家に入り込んで玉の輿でも狙っているのかい？」

相変わらず感じの悪い下劣な男だ。クリスティーンは早くこの場を去りたかった。だが、ヘンリー第二王子はさらにクリスティーンに身を寄せ、ねっとりした声でささやいた。

「それにしても、随分と垢抜《あかぬ》けたものだ。見違えるほど綺麗になったじゃないか。どうだい？　どうしてもと言うなら、愛人にしてやってもいいぞ」

クリスティーンはツンと顎を背ける。

「けっこうでございます。殿下にはもう、婚約者がおられますでしょう？」

するとヘンリー第二王子はムッとした顔になる。

「あの女とは別れた。あの女、他にも恋人が何人もいたんだ。君の言っていた通りだったよ」

クリスティーンは内心いい気味だと思ったが、顔には出さないでおいた。

「それはお気の毒でございました。私は用事を思い出しましたので、これにて失礼いたします」

そろそろと身を離そうとする。するとヘンリー第二王子はやにわに手を握ろうとしてきた。

「そうつれなくするな」

クリスティーンは咄嗟《とっさ》に手を振り解いてしまった。

「触らないで！」

ヘンリー第二王子の顔がみるみる険悪になる。

「何様のつもりだ、この私に逆らうなどと」

ヘンリー第二王子はクリスティーンの両肩を摑むと、壁にどん、と押しつけた。背中を壁に強く打ちつけて、クリスティーンは怯《ひる》んだ。そのままヘンリー第二王子は、クリスティーンの両手首を摑んで壁に縫い止める。

「先ほどダンスをしているお前の姿に、見直したんだ。なあ、私の情婦になれ。私に尽くすのなら、いずれ側室にでも召し上げてやるぞ」

「っ――放してください……っ」

クリスティーンは必死でもがいた。助けを呼ぼうにも、皆舞踏会場に集まっていて、廊下には人影がない。

「手強いところも気に入ったぞ。キスくらいよいだろう？」

ヘンリー第二王子の顔が近づく。酒臭い息を頰に感じ、クリスティーンはゾッとした。顔を背け、思わず声を上げていた。

「いやぁっ、イライアスっ」

「殿下、私の大事な妹を侮辱なさるのですか？」

突然、地を這うような恐ろしげな声が聞こえた。

二人の背後にイライアスがぬっと立っていたのだ。

ヘンリー第二王子はギョッとしたように、クリスティーンから手を離した。クリスティーンはよろよろとその場に頽れそうになる。素早くイライアスが進み出て、腕を添えてそっと立たせてくれた。

「クリス、大丈夫か？」

心底気遣わしげな彼に、クリスティーンは必死で笑顔を作ろうとしたが、できなかった。唇が震えて声がなかなか出せない。

「イライアス、わ、私……」

イライアスは怒りに蒼白になった顔でヘンリー第二王子を睨み、厳しい口調で言う。

「大事な妹に無体を働くとは、すなわち私を侮辱することだ。殿下、妹に謝罪してください。さもなければ、私はあなたと決闘することも辞さない」

「ひ――」

上背のあるイライアスの威厳と迫力に満ちた態度に、ヘンリー第二王子は顔色を変えた。イライアスは、音に聞こえた剣の使い手である。イライアスはヘンリー第二王子に今にも摑みかからんばかりに迫った。

「さあ！　決闘するか？」

イライアスの右手は、腰のサーベルの柄に置かれていた。ヘンリー第二王子はガタガタと震え出す。

クリスティーンはイライアスの殺意に本気を感じ、夢中で彼の背中に縋りついた。

「もういいわ、イライアス、もういいから、ちょっとした行き違いなの」

「いや、私は許しがたい」

イライアスは頑として譲らない。

とうとうヘンリー第二王子は、蚊の鳴くような声で謝罪した。

「わ、わ、悪かった。貴殿の妹御に、無礼な振る舞いをした」

通りがかった人々が、三人の様子になにか異様な事態を感じ取り、ザワザワし始める。

そこへ舞踏会場から、色を変えたアナベル王女がやってきた。

「王太子殿下、ダンスの途中でレディを放って行くなんて、ひどいではありませんか？

あら、お兄様？　お二人とも、どうなされたの？」

この騒ぎに、舞踏会場からも人が出てきて集まり出した。

そこへ、マッケンジー伯が割って入るように飛び込んでくる。

「殿下、クリスティーン様はご気分がお悪いようです。私がお部屋にお連れしますから、どうぞ殿下は主賓としてお役目をまっとうなさってください」

マッケンジー伯がクリスティーンの腕を取る。マッケンジー伯の言葉に、クリスティーンはハッとする。そうだ、今日は大事なイライアスのお披露目なのだ。台無しにしてはいけない。

「ささ、クリスティーン様、こちらへ――」

「ええ……」

マッケンジー伯に縋るように歩き出すと、イライアスが悲痛な声で呼びかけてきた。

「クリス、だが――」

クリスティーンはキッと振り返り、きっぱりと言った。

「イライアス、あなたは王太子として、最後まで立派に務めてちょうだい。私の心からのお願いよ」

その言葉に、イライアスはやっと我に返ったようだ。

「わかった――」

イライアスは眼光鋭くヘンリー第二王子を睨んでから、集まっていた人々に極力落ち着いた声で言った。

「皆さん、ヘンリー殿下と少しばかり議論を戦わせていただけです。どうか、会場にお戻りください」

それからイライアスは、くるりと踵を返して舞踏会場に戻っていく。

「王太子殿下、私とのダンスはどうなるの？　ちょっとお待ちくださ い」

アナベル王女がイライアスに追い縋ろうとした。するとイライスは、背中を向けたままきっぱりと答える。

「私はこれ以上、クリス以外の女性とダンスを踊る気は、さらさらない」

「ま――あ！」

アナベル王女が怒りに顔を真っ赤にした。

「王太子殿下、そんなに妹さんにこだわって――おかしくありませんか？」

アナベル王女は、まだへたり込んでいるヘンリー第二王子に顔を振り向けた。

「ねえお兄様、なにかおっしゃってくださいな」

「アナベル、少し黙れ」

ヘンリー第二王子は、青白い顔でぼそりと言った。彼はふらふらと立ち上がり、口惜しそうにイライアスの去った方向を睨んでいた。

人々は騒ぎがおさまったことで、三々五々、その場から去っていった。

再び賑《にぎ》やかにダンス曲の演奏が始まった。

その間に、クリスティーンはマッケンジー伯に導かれ、その場をあとにした。

マッケンジー伯は、クリスティーンの部屋の前まで来ると、

「殿下のことは、私がしっかりとお守りしますので、クリスティーン様はどうかゆっくりとお休みください」

そう言い残し、舞踏会場に戻っていった。彼は一瞬であの場の事態を把握したのだ。有能なマッケンジー伯が側にいれば、これ以上イライアスが暴走することはないだろう。

自室に戻ると、貧血が起きたと侍女たちに言い訳し、寝室にこもった。

(怖かった――イライアス以外の男性に触れられるのが、あんなに怖いなんて)

まだ胸がバクバクしている。

それ以上に、イライアスが激怒する姿にゾッとさせられた。彼は今にも腰のサーベルを抜きそうな勢いだった。もしクリスティーンが止めなければ、イライアスはあの場で本当にヘンリー第二王子を殺してしまったかもしれない。

普段は冷静なイライアスが、クリスティーンのこととなると理性を失ってしまう姿を目の当たりにし、恐怖すら覚えた。

(今までイライアスの妹の立場に甘んじて、こうして側にいたけれど――私が男性と接触するたびに、イライアスがあんなふうに切れたら一大事だわ……)

こうなっては自分の存在は、イライアスの将来の足枷《あしかせ》になりかねない。一生を彼の幸せのために捧げようと思っていたのに――。

(愛しいイライアス。でも、もうこれ以上あなたの側にいてはいけないのかもしれないわ)

クリスティーンは胸の中がかき乱された。

夜半過ぎ――。

イライアスが、クリスティーンの部屋を訪れた。彼は礼装姿のまま、取るものもとりあえず駆けつけた体《てい》であった。クリスティーンはできるだけ平静を装って迎えた。

イライアスは気遣わしげにクリスティーンの顔を見つめる。

「クリスティーン、気分はどうだ？　どこか痛めたりしていないかい？」

「大丈夫よ。それより、舞踏会は無事終了したようね？」

「無論だ。招待客たちの評判も上々だった」

「それはよかったわ。あなたも疲れたでしょう？　今夜はゆっくり休んで――」

「いや、まだ腹の虫がおさまらない。あのあとにも、ヘンリー殿下にきつく釘を刺しておいた。今度私の大事な妹に不埒《ふらち》な真似をしたら、必ず決闘を申し込むとね。殿下はよほど肝が冷えたのか、舞踏会のあと、そのまま王女と共にそそくさと帰国していったよ」

イライアスが晴れ晴れした声で言う。

クリスティーンは表情を引き締めた。

「あのね、イライアス、聞いてちょうだい。とても大事なお話なの」

「どうしたんだい？　改まって」

クリスティーンは息を深く吸うと、思いきって告げる。

「私、お城を出ようと思うの」

さっとイライアスの顔が強張った。

「なんだって？」

「あなたはもう、押しも押されもしない立派な王太子だわ。もう、私なんか支える必要もないわ。いいえ、逆に私みたいな婚約破棄された妹が側にいたら、これからのあなたの将来の邪魔にしかならないと思うの」

「なにを言うんだ！」

イライアスが声を荒らげた。

「君はずっと私の側にいると言ったじゃないか！」

「気持ちが変わったのよ。私の役目はもう終わったわ——だから」

「終わってなどいない！　私の可愛いクリス、君がいなければ私はこの広い城に、一人ぼっちになってしまうじゃないか！　君は私を捨てるというのか？」

イライアスが悲痛な表情で迫ってきた。クリスティーンは心臓がぎゅっと痛んだが、ここは踏ん張らねばと自分を叱咤《しった》する。

「捨てるだなんて——どこにいても、私はあなたのことを思っているわ」

「では、ここで思えばいい」

イライアスはやにわにクリスティーンの両手首を摑んだ。クリスティーンは振り解こうともがいたが、そのままどんっと壁際に追い詰められてしまう。

「ここで、私のことをずっと思ってくれ」

イライアスの目がギラギラと光っている。怒っていてもなんて美麗な顔だろう、などとクリスティーンは場違いに感動してしまう。その顔が迫ってきた。クリスティーンは心臓が高鳴ってしまう。イライアスが噛みつくような口づけを仕かけてきた。勢い余って、前歯ががちっと音を立てどちらかの唇が切れたのか、口の中に血の味が広がる。

「んんぅっ」

イライアスの舌が強引に唇を割り、口腔をかき回してきた。互いの舌同士がぬるりと触れ合うと、背筋に甘い震えが走った。

「ん、んんぅ、だ、め……」

顔を振り解こうとしたが、背中に腕を回されがっちりと抱き止められてしまった。舌を搦め捕られてちゅうっと強く吸い上げられると、あまりの甘美さに目の前がクラクラした。イライアスは深い口づけを続けながら、そのままじりじりとベッドのほうへ移動していく。彼の意図は明らかだ。

「いやっ、いけないっ……」

必死で身を捩るが、イライアスはなにかに取り憑《つ》かれたような様相で、クリスティーンの体をうつ伏せにして、ベッドの上に押し倒す。そのままクリスティーンの上に馬乗りになり、スカートをペチコートごと腰の上まで大きく捲り上げた。

「あっ、だめ……っ」

腹這いのまま逃れようとしたが、両手首を摑まれて背中に纏められてしまう。

「逃がさない、クリス、私のクリス」

イライアスが息を弾ませ、胸元のクラヴァットを外すとそれでクリスティーンの両手を括ってしまった。そのままドロワーズをするりと引き下ろした。下半身が剝き出しになり、クリスティーンは小さく悲鳴を上げる。

「イライアス、だめ……」

イライアスが太腿の間に自分の膝を割り入れ、強引に両脚を開かせた。腰の下に手を回し、お尻を持ち上げて後ろに突き出す格好にさせられる。

「お願い、やめて……」

必死で懇願するが、イライアスは聞く耳を持たず、秘所に触れてくる。ひやりとした彼の指先がまだ乾いている花弁に触れてくると、ぶるっと腰がおののいた。

「ひ――」

「すぐに悦《よ》くしてあげる」

イライアスのしなやかな指先が若草の茂みをかき分け、割れ目の上の小さな突起に触れてくる。そこを円を描くようにして優しく撫で回されると、次々に鋭い喜悦が下肢に走った。そして、あっと言う間に媚肉のあわいがじっとりと濡れてくる。

「んんっ、んっ……」

感じていることを気取られたくなくて、唇を嚙みしめた。

「可愛いクリス、君が気持ち悦いところは、私はもう全部知っているよ」

イライアスは熱のこもった声でつぶやくと、背後から覆い被さってきた。

彼は左手で陰核をいじりながら、右手でクリスティーンの髪をかき分けて薄い耳朶《じだ》に唇を寄せてきた。濡れた舌が、耳裏から首筋にかけてねっとりと這い回る。イライアスの舌がひらめくたびに、クリスティーンの肩がぴくんぴくんと震えた。

「ひ、ひぅっ……」

「耳、弱いよね。ほら、どんどん濡れてきた」

耳孔に熱い息を吹き込みながら、イライアスが意地悪く言う。

「んぅ、あ、や、め……あ、あぁ……」

ぬるぬるになった指で、すっかり凝った秘玉をくりくりと転がされると、全身に痺れるような快感が走り抜け、腰が求めるようにくねってしまう。

イライアスはとろとろになった蜜口をぐちゅりとかき回した。

「奥、欲しそうにきゅんきゅんしているよ」

「おね、がい……もう、やめ……て」

耳朶と花芽に同時に刺激を受けて、クリスティーンはすでに息も絶え絶えになっていた。

「やめてじゃないだろう？　もっとして欲しいだろう？」

イライアスが薄い耳朶を甘嚙みする。そして、膨れた陰核を小刻みに揺さぶり始める。

子宮の奥がつーんと甘く痺れ、媚肉が強く収斂して強い愉悦が迫り上がってくる。

「あ、あぁ、だめ、あ、だめぇ、も、あ、あぁっ……っ」

両脚に力がこもりびくびくと腰が痙攣し、クリスティーンは短い絶頂に飛んでしまう。

「……はぁ、は、あぁ、はぁ……」

感じ入った花弁が、物足りなさそうにひくひくと開閉を繰り返す。イライアスの指が陰唇を撫でさすり、クリスティーンのうなじを強く吸い上げた。

「まだ、終わっていないだろう？　私が、欲しい？」

「あ……ぁ」

クリスティーンは不自由な体勢で、肩越しにイライアスに顔を振り向ける。目の前に、ぞくりとするほど色っぽい顔が迫る。イライアスは高い鼻梁でこすこすとクリスティーンの鼻を撫でる。そんな仕草にも感じ入って、隘路の奥がずきずき疼く。

「あぁ、イライアス……お願い……」

涙目で彼を見つめる。イライアスが嬉しそうに吐息で笑う。

「私が欲しいんだね？」

恥ずかしくて言葉にできない代わりに、目を瞬く。

イライアスは上半身を起こし、右手だけで器用にトラウザーズを緩めた。そのまま昂《たかぶ》った肉塊をぐっと綻んだ花弁に押しつける。その熱いみっしりとした感触だけで、総身が歓喜の予感におののいた。

「あぁ……」

灼熱の欲望が、一気に蜜壺に押し込まれる。傘の開いた亀頭の先端が、最奥をずん、と突くと、甘い衝撃に頭の中が真っ白になった。

「あああ……っ」

瞬時に絶頂に飛んだ。イライアスはそのままがつがつと肉楔を穿ってくる。

「あ、あ、だめ、あ、また――っ」

達したばかりなのに、飢えた淫襞は断続的に男根を締めつけ、繰り返し短い絶頂を極めてしまう。

「だめ、あ、も、あ、またぁ、達っちゃう……っ」

「何度もでも達けばいい」

イライアスは激しい抜き差しを繰り返しながら、どろどろになった結合部から溢れる愛蜜を指で掬い取り、鋭敏な尖りを撫でつける。脳芯まで痺れる喜悦が走り抜け、クリスティーンは背中を仰け反らせた。

「ひあっ、あ、そこ、いじっちゃ、いやぁっ」

中と外の感じやすい二箇所を同時に攻められ、クリスティーンはイライアスの下で身をのたうたせて甲高い嬌声を上げ続けた。

「ふ――また奥が締まる――感じているクリスの中、ほんとうに可愛い、気持ちいい、すごく、気持ちいいよ」

イライアスは掠れた声でささやくと、両手でクリスティーンの腰をかかえ上げ、さらに抽挿を速めた。ぱんぱんと肉の打ち当たるくぐもった音が寝室の中に響く。

「あっ、あ、あ、あぁ、あっ、激し、い……ぃっ」

すでに数えきれないほど達してしまったクリスティーンは、全身の力が抜けてしまい、ただただイライアスに揺さぶられ、切れ切れに喘《あえ》ぎ声を上げるだけになってしまう。それなのに、貪欲な媚肉だけはあさましく男の脈動を頬張り、締めつけてしまう。

「可愛い私のクリス、もっと乱してやりたい」

イライアスはクリスティーンの括れた腰をかかえ込み、肉棒の根元まで深々と串刺しにすると、最奥を捏ねるように腰を小刻みにうごめかせてきた。

感じている時にその動きをされると、身体の中心から蕩けてしまうような深い快感が生まれてきて、なけなしの理性も吹き飛んでしまう。

「ひぁ、あ、それ、だめ、あ、だめっ」

「ここが好きだろう？　クリス、だめにしてやろう」

イライアスはさらに深く腰を突き入れ、腰骨全体を揺り動かすような振動を与えてくる。

激しい尿意に耐えるような愉悦に、精神のギリギリまで追い詰められしまう。

「だめぇ、変になっちゃう、あ、おかしく、なって……あ、あぁ、あぁぁあ」

目の前にチカチカと悦楽の火花が飛び散り、イライアスを受け入れた箇所だけに全身の神経が集中していく。堪らなく悦くて、いつの間にかイライアスの律動に合わせてきごちなく腰を使ってしまう。彼が突き入れるタイミングに合わせて尻を後ろに押しやると、子宮口まで肉槍が届くような錯覚に陥り、頭の中が真っ白になる。

「あ、あ、いい、気持ち、いいっ、気持ち、いいのぉ」

与えられる快楽を貪り、感情のままに声を上げた。

「ああクリス、なんて淫らなんだろう、君のこんなはしたない姿を知っているのは、私だけだ」

イライアスが感じ入った掠れた声を出し、最後の仕上げとばかりにがむしゃらに腰を打ちつけてきた。

「あっ、あん、あ、あぁん、あぁぁ、はぁっ、や、あ、やぁあっ」

喜悦の限界を超え、クリスティーンは生理的な涙をぽろぽろ零し、がくがくと腰を痙攣させた。

「ああクリス――終わる――っ」

背後でイライアスが低く呻き、動きを止めた。ほぼ同時に、クリスティーンも最後の絶頂を極め、全身で強くイキんだ。

「はっ――あ」

イライアスが獣のように吠《ほ》え、次の瞬間、どくどくと大量の白濁液が胎内に注ぎ込まれる。

「……ぁ、あぁ、あ……ぁ」

クリスティーンは精魂尽き果て、ぐったりとシーツの上にうつ伏せた。まだ結合したまま、イアイアスが両手の縛《いましめ》を外す。ぱたりと両手も力なく脇に垂れた。

「はぁ……は、あ……はぁ……」

もう指一本動かせないのに、熟れきった蜜襞は断続的に男の肉胴を締めつけ、最後の一滴まで搾り取ろうとする。

「――クリス」

イライアスが顔を寄せ、クリスティーンの乱れた髪をかき上げ上気したこめかみや頬に口づけをする。

半分意識が飛んでしまったクリスティーンは、ぼんやりと彼の口づけを受けていた。

「――している」

耳朶に口づけしたイライアスの唇から、掠れた声で言葉が紡ぎ出された。

快楽の名残に酩酊しているクリスティーンは、はっきりと聞き取れなかった。

イライアスの引き締まった筋肉質の胸に抱かれたまま、クリスティーンは気を失うように眠りに落ちてしまったようだ。

カーテン越しに、うっすらと夜明けの光が差し込んでいる。

ふと目が覚め、クリスティーンは重い瞼《まぶた》を瞬く。

イライアスはまだ規則正しい呼吸を繰り返し、ぐっすりと眠っている。

「……」

クリスティーンは息を潜めて、じっとイライアスの顔を見つめた。普段はきりりと引き結んだ形のいい唇がわずかに開き、艶やな金髪がくしゃくしゃになって額に垂れかかっている。その無防備な寝顔も、愛しくてならない。

いつまでもずっと、こうして二人だけで抱き合っていたい。

けれど起床すれば、イライアスには王太子としての時間が待っている。

(このままではいけない……イライアスに甘く迫られ抱かれたら、きっとまた拒めない。いつまでもイライアスは妹コンプレックスを拗らせたまま、他の女性になど見向きもしなくなってしまう。彼の人生を、私がダメにしてしまう)

クリスティーンはイライアスを起こさないように、ゆるゆると身を起こした。

部屋の隅で手早く着替えた。

身を切られるように辛いが、密かに城から出ようと決意した。イライアスと距離を取るべきだ。

テーブルの上に短い書き置きだけ残した。

『イライアス、必ず立派な国王になってください　クリス』

だが、どこへ行けばいいのだろう。

アーノルド家に戻っても、すぐさま気づかれてしまうだろう。

(どこかつてがないかしら――ああそうだわ)

クリスティーンはふと思い当たり、いくらかの金品と身の回りの物だけを小さな鞄《かばん》に詰め込んだ。それをかかえると、忍び足で部屋を出る。扉口の前で、一度だけイライアスのほうを振り返った。

(どうか元気で――)

心の中で別れを告げ、音を立てないように扉を開いた。まだ夜が明けたばかりで、城内の灯りは落としてあり、人影もない。廊下を進みながら、北の裏門から門番に金品を渡し、怪しまれずに抜けれられないだろうか、と考えていた時だ。

「クリスティーン様、こんな朝も明けやらぬ時に、どちらへ?」

背後から密やかに声をかけられ、ぎくりとして飛び上がりそうになった。振り返ると、マッケンジー伯が気遣わしげな顔で立っていた。

「お――お早いのね、マッケンジー伯」

「舞踏会にお招きした方々が城の貴賓室にお泊まりですから、皆様のお目覚め前に、万事抜かりはないかと見て回っておりました」

マッケンジー伯は聡い人だ。下手な言い訳は通じないだろう。必死で頭を働かせる。

「あの——実は私、実家に戻ろうと思うの。舞踏会も大成功したし、イライアスはこれからますます王太子としての責任と自覚が必要でしょう？　私はいとまを取ることにしたんです」

マッケンジー伯がかすかに眉を寄せる。

「それは——殿下も納得なされたのですか？」

「え、ええ、そうよ。慣れないお城の生活のせいか、ずっと体調がすぐれなくて。実家で静養することにしたの」

「そうですか。お身体の不調ということなら、いたしかたありません。でも、殿下のためには、もう一度考え直されたほうがよろしいかもしれませんよ」

「そ、そうね。実家でゆっくり考えるわ。あの——馬車を手配してもらえますか？」

「承知しました」

マッケンジー伯はそれ以上追及せず、クリスティーンのために正門前に馬車の用意をしてくれた。

馬車に乗り込む前に、クリスティーンはマッケンジー伯の手を握り、心を込めて頼む。

「マッケンジー伯、あなただけが頼りです。どうかイライアスを支えてあげてください」

「お任せください。クリスティーン様も、ゆっくり静養なさったら、ぜひお戻りくださ
い」

「ありがとう」

誠実で忠実なマッケンジー伯を騙《だま》している罪悪感で胸が痛んだが、これで堂々と城から出て行ける。

馬車が走り出し城外に出ると、クリスティーンは御者に声をかけた。

「あの――三番街のジェラルド公爵邸に向かってください。夫人のお見舞いに寄りたいのです」

ジェラルド邸を訪れると、侍女に押されて車椅子に乗ったジェラルド公爵夫人が玄関口に迎えに出てきた。彼女は驚いた顔をしている。

「まあクリスティーン、こんな朝早くどうなさったの？」

「ジェラルド公爵夫人、お怪我の加減はいかがですか？　事故に遭われたと聞いて、心配していました」

「少し足首を捻った程度なの、大丈夫よ。せっかくの舞踏会で、殿下のお相手を務めることができず、ほんとうに申し訳なかったわ」

「よかったわ、お怪我が大したことはなくて……」

ずっと気がかりだったので、ほっと胸を撫で下ろす。それから、表情を引き締めた。

「ジェラルド公爵夫人、私、お願いがあって参りました。頼れる人が、夫人しかいないのです。どうか、私を助けてください」

ジェラルド公爵夫人は目を見開く。

「ここではなんですわ。さあ、中へお入りなさい。お話を伺うわ」

上品なしつらえの応接間に通され、ソファに腰を下ろしジェラルド公爵夫人と向かい合わせになる。クリスティーンは真剣な声で切り出した。

「夫人、私、しばらく身を隠したいんです。どこかに私を匿っていただけませんか?」

「身を隠す? どうして? あなたはお城で、殿下にお仕えしていたのではないのですか?」

「――しばらくイライアスから離れて、一人になりたいんです。実家に戻ったら、イライアスにすぐにバレてしまうから。こんなお願い、夫人にしかできません。どうか、お願いです」

「――」

ジェラルド公爵夫人は、ひたむきに訴えるクリスティーンの姿をしばらく見つめていた。それから、穏やかな声で答えた。

「なにか深いわけがありそうね――でも、聞かないほうがいいわね?」

「ええ……申し訳ありません。突然こんなお願いをして、ご迷惑ですよね」

ジェラルド公爵夫人がにっこりと微笑む。

「とんでもないわ。頼ってくれて嬉しいわ。あなたはまるで娘みたいに可愛いの。わかったわ。私の実家のアボット伯爵家の別荘が隣県にあるのよ。そこに身を寄せるといいわ」

クリスティーンはパッと顔を明るくした。

「ありがとうございます！　一生感謝します！」

「ふふ大袈裟《おおげさ》ね。管理人に連絡しておきますから、好きなだけ滞在なさいな。ああそう、お庭はホワイトガーデンよ。お好きにいじってちょうだいね。あなたに任せるのなら、安心だわ」

思いやり溢れるジェラルド公爵夫人の言葉に、クリスティーンは涙が溢れてくる。思わず立ち上がり、ジェラルド公爵夫人の前に跪いて両手を握った。

「心から感謝します、夫人」

「いいのよ。時々は私も別荘に顔を出しますから。安心してちょうだい。とりあえず、朝食をご一緒にいかが？　まだでしょう？　その後、馬車の用意をさせますから」

「なにからなにまで……ありがとうございます」

——こうして、クリスティーンはジェラルド公爵夫人の別荘に、ひっそりと身を寄せることになったのである。

第四章　ヤンデレ王太子の包囲網

「まあ、早咲きの蔓薔薇《つる》が開いたわ」

早朝、アボット伯爵家の別荘のホワイトガーデンに出向いたクリスティーンは歓声を上げた。ここに来てからすっかり仲良くなった庭師に頼んで、中庭の噴水に向かう通路にアーチを作ってもらい、そこに白い蔓薔薇を植えたのだ。蔓薔薇はすくすくと育ち、見事に花開いた。

「綺麗――」

アーチの下を通りながら、クリスティーンは青空を見上げた。

この別荘に来て、三ヶ月がたとうとしていた。

こじんまりとしているが住み心地のよい白亜の別荘で、人のいい中年の管理人夫妻と熟練の庭師と共に暮らす生活にもすっかり慣れた。

早起きをしてホワイトガーデンの手入れをし、朝食後はゆっくりと読書や刺繍をし、昼食後は再び花の手入れに勤しみ、気が向けば、近隣の街へ散歩に出る。夕食後は、未来の記憶を覚え書きし、入浴して就寝する。判で押したような規則正しい生活を繰り返した。

週末は、ジェラルド公爵夫人が訪ねてくるので、二人で花の手入れをしたりお茶を飲んで四方山話《よもやまばなし》に花を咲かせた。

ジェラルド公爵夫人の実父のアボット伯爵は貴族議会の議員だ。夫人はアボット伯爵から、城内や議会の事情を聞き及んでいた。

彼女の話によれば、イライアスの王太子としての評判はますます高まっているようだ。

今や彼は病床の国王陛下に代わり、政務の中心となっていた。常に冷静で的確な判断を下し、さすがのスペンサー首相も舌を巻くほどだという。

最近では国民に向けての新年の挨拶を立派にこなし、外国との折衝でも堂々と渡り合い、軍事訓練における馬術披露も素晴らしいものだったらしい。

そういう話を聞くと、クリスティーンは胸を撫で下ろすと共に一抹の寂しさは拭えなかった。やはりもう、自分は必要ないのだ。

「イライアス――殿下はもう立派な王家の一員ですね。私、安心しました」

胸の中の苦い気持ちを押し殺し、ジェラルド公爵夫人に明るい声で言うと、ふと、彼女の表情が曇った。

「でもね――殿下はどこかいつも寂しげだそうよ。お披露目の舞踏会以来、社交的な場所にはめったにお出ましにならないわ。なにかに取り憑かれたように、執務につききりだという話だわ」

「えっ、そうなのですか？」

ちらりとジェラルド公爵夫人が意味ありげな眼差しを送ってくる。

「あなたがお城にお戻りになれば、殿下もお気持ちの余裕が出るでしょうに」

クリスティーンはふるふると首を振った。

「いいえ。いつまでも妹の私にべったりでは、イライアスの——殿下のためになりません」

「殿下のことを思いやって、ここに身を潜めておられるのね？」

ジェラルド公爵夫人の言葉に、クリスティーンはハッと顔を上げる。顔にみるみる血が上る。

「……お見通しでしたか」

「兄妹といっても、血の繋がりはないのでしょう？　殿下のお気持ちは、兄妹愛ではないかもしれないわよ？」

クリスティーンは目をぱちくりさせる。

「それ以外に、なにがあるとおっしゃいますの？」

ジェラルド公爵夫人はそれには答えず、世間話ふうに言う。

「なんでも、お披露目舞踏会以来、隣国のアナベル王女が殿下に熱烈にラブコールしておられるようよ」

「っ――」

クリスティーンは、舞踏会場で見たアナベル王女の派手な美貌を思い出す。あの時ダンスをしていたイライアスと彼女は、とてもお似合いだった。思わず唇を噛みしめてしまう。

ジェラルド公爵夫人はうつむいてしまったクリスティーンの顔を、覗き込むように見た。

「周囲は、アナベル王女ならば殿下のお相手に申し分ない、早くも婚約か、と騒いでいるのよ」

「……そうですか」

クリスティーンは消え入りそうな声で返した。ジェラルド公爵夫人のしっとりした右手が、クリスティーンの肩に触れた。

「クリスティーン、あなたはご自分の心に正直に生きてね。私はそれができず、とても辛い思いをした過去があるから。若いあなたには、同じ轍《てつ》を踏んで欲しくないわ」

「夫人――？」

公爵夫人として何不自由なく暮らしているように見えた彼女が、かつて辛い恋をした経験でもあったのだろうか。

その後夫人が別荘を辞去しても、クリスティーンは応接間のソファに座ったまま身動きできずにいた。

イライアスがアナベル王女と婚約するかもしれないと聞いて、すっかり気落ちしてしまったのだ。あれほど、イライアスの幸せを祈って身を引いたのに。独身を貫いたというイライアスに相応しい女性が現れることを、待ち望んでいたのではないか。

夫人の言葉が深く胸に刺さる。

「自分の心に正直に……」

でも、今更そんなことはできない。胸の痛みに耐え、イライアスとアナベル王女の未来を祝福するべきだ。そう自分に言い聞かせた。

——翌日。

クリスティーンは馬車を出してもらい、少し遠くの街まで出かけた。

月に一度、そこの郵便局から無記名の手紙を、王城のイライアス宛に出すのが習慣となっていた。

この国にやがて降りかかる災難や事件を思い出すごとに書き連ね、注意をするようにと送っていたのだ。この手紙が果たしてイライアスに届くかどうかは不明だが、少しでも彼の未来のために役に立ちたかった。

帰宅すると、花の手入れをしようとホワイトガーデンに出た。

「そろそろ蔓薔薇も終わりね。次の開花期に向けて剪定《せんてい》をしようかしら」

アーチを見上げながら通り抜けていくと、その先に誰か佇んでいるのに気がついた。クリスティーンはぎくりとして足を止めた。

すらりと長身のその姿は、まぎれもないイライアスその人だったのだ。青い乗馬服に磨き上げられた革の長靴がよく似合い、相変わらず眩しいほど美しい。

「あっ⁉」

驚きのあまり、手にしていた園芸道具の入ったバスケットを地面に取り落としてしまった。

「クリス！　やっと見つけた」

イライアスが硬い声を出し、まっすぐこちらに向かって歩いてくる。クリスティーンは思わず背中を向けて逃げ出そうとした。しかし、あっという間に手を掴まれて、引き戻された。

イライアスの広い胸に力任せに抱きしめられた。

「イ、イライアス、なぜここに……？」

イライアスはクリスティーンの髪に顔を埋め、くぐもった声で答える。

「君は毎月、私に手紙を送っていたろう？　無記名だが、筆跡ですぐに君とわかった——消印から場所を探り当て、近隣の街を片端から捜索させたんだ」

「——」

「ここにジェラルド公爵夫人の実家の別荘があると知った。君とジェラルド公爵夫人は仲がよかったので、もしやと思って夫人を問い詰めたんだ。ジェラルド公爵夫人は君に頼まれて匿ったことを白状した。それでやっと、君がこの別荘に滞在していることを突き止めたんだ」

ずっと捜してくれていたというのか。その事実に胸が甘くきゅんと痺れたが、すぐに気を取り直した。両手を突っぱねて、イライアスの腕から逃れわざと厳しい声を出す。

「政務の中心にいるあなたが、城を空けてこんなところまで来るなんて、なんて考え知らずなの。すぐに戻ってちょうだい」

イライアスは一瞬、迷子になった小さな子どものような顔になった。しかし、彼はすぐにキッと表情を引き締める。

「もちろんすぐに帰るさ。君と一緒にね」

「いいえ、私は行かないわ」

クリスティーンはじりじりと後退りする。イライアスはクリスティーンが後退したぶん前に迫ってくる。

「だめだ。泣こうが喚こうが、君を引っ攫って城へ帰る」

イライアスの長い腕が伸びたかと思うと、ひょいと横抱きにされた。

「あっ……」

イライアスはクリスティーンを抱き上げたまま、まっすぐ庭を抜けていく。

「放して、イライアス、下ろして――」

　クリスティーンはイライアスの腕の中でじたばたともがいたが、彼はびくともせず庭を出ると、別荘の正面門に出た。そこには、王家の紋章の入った馬車と、馬を連れた数名の屈強な近衛兵たちが待ち受けていた。イライアスはクリスティーンを連れ戻すために、準備万端だったのだ。

　イライアスの姿を見ると、一人の近衛兵が素早く馬車の扉を開ける。イライアスはクリスティーンを抱きかかえたまま、さっと馬車に飛び乗った。

「よし行け！　全速で帰還する！」

　イライアスが命じるや否や、馬車は即座に走り出す。座席に下ろされたクリスティーンは、慌てて窓から顔を覗かせた。馬車の前後左右には、騎乗した近衛兵たちが伴走し、しっかりと守られていた。クリスティーンは、隣に腰を下ろしているイライアスに縋りついた。

「お願い、戻して。私のことはもう放っておいて！」

　イライアスの目が凶暴な色合いを帯びた。

「だめだ。君はずっと私の側にいると誓ったじゃないか。二度と放さない。私に逆らうのなら、城の牢獄《ろうごく》に閉じ込めてでも逃さない」

「……」

その眼差しの強さに、クリスティーンは射すくめられて言葉を失いそうになった。だが、必死で言い募る。

「――私のような、婚約破棄されたいわば傷物の女が側にいては、いずれ国王となるあなたの邪魔になるだけだわ……だから――」

「ならば、私は国王になどならない」

イライアスはきっぱりと言いきる。

「っ――」

さすがにクリスティーンは言葉を呑んだ。イライアスはわずかに哀愁を帯びた顔つきになる。

「君が側にいないのなら、私は国王にならない」

「……」

イライアスは捨てられた子犬のような濡れた眼差しになった。昔から、イライアスはクリスティーンにおねだりする時にはこういう表情を浮かべる。そしてクリスティーンは、その顔に非常に弱いのである。恫喝《どうかつ》めいた言葉を吐いたかと思うと、一転懐柔するように態度を和らげる。相手を自分の手の内に引き寄せてしまうイライアスの手管にも、王としての片鱗《へんりん》を感じずにはいられない。

「一緒に、帰ってくれるね？」

「——わかったわ」

そう答えるしかない。

「よかった」

イライアスは安堵したようにほっと息を吐いた。

「この三ヶ月、君がいなくて私がどんなに心細く寂しい思いをしたか、想像もつかないだろう？　ひたすら政務に打ち込むことで、気を紛らわすしかなかったんだ」

「ごめんなさい……」

「おかげで、私の王太子としての評価は鰻《うなぎ》上りになったがね。怪我の功名、かな？」

イライアスがふいに天使のような笑みを浮かべた。

クリスティーンは思わず見惚れてしまう。どんなに離れ拒もうとしても、イライアスを愛する気持ちを払拭することはできなかった。いや、距離を置いたことでさらにイライアスへの愛情が深まってしまった。

やはり離れがたい。このやるせない気持ちを、どうしたらいいのだろう。妹コンプレックスを拗らせまくっているイライアスは、クリスティーンの真実の気持ちなど推し量ることもできないだろう。涙が溢れてくる。ぽたぽたと膝の上に涙の粒が滴った。

それを見たイライアスが、慌ててクリスティーンの肩を抱く。

「泣かないで、クリス。私が脅かすようなことを言ったから、傷ついたのかい？」

優しく引き寄せられ、彼の肩に顔をもたせかけて声を押し殺して啜り泣く。イライアスが背中をあやすように撫でた。

「でも、私の気持ちは変わらない。君がいなければ私はダメなんだ、クリス」

それではまるで殺し文句ではないか。

「……わかっているわ、イライアス。私だって、あなたのことだけが気がかりなのよ」

「うん、私の可愛いクリス」

イライアスがそっと頬に唇を寄せ、涙を吸い取った。そのままちゅっちゅっと顔中に口づけの雨を降らす。やがて、唇が重なった。彼は啄《ついば》むような口づけを繰り返した。

「ん……」

涙の味がするしょっぱい口づけだ。でも、心は甘く溶けていく。思わず唇を開いて、イライアスの舌を招き入れてしまう。彼の舌が絡まり、強弱をつけて吸い上げられると、あっという間に体温が上がり、心地よい刺激が全身を駆け巡る。

「んぅ……っ、ん」

イライアスは久しぶりの口づけを味わうように、丹念にクリスティーンの口腔を舌で探る。唇の裏側から、口蓋、喉の奥、歯列の一本一本まで舐め回され、クリスティーンは身体の力がくたくたと抜けていく。彼の口づけに溺れ、そのままなにも考えられなくなった。

かくして、クリスティーンは王城に連れ戻されたのである。

真っ先に出迎えたのは、留守を預かっていたマッケンジー伯と憂い顔のジェラルド公爵夫人であった。

「クリスティーン様、心配しておりました。私の不手際から、クリスティーン様を城から出してしまい、ご無事と聞いて、心より安心しました」

マッケンジー伯はひどく憔悴《しょうすい》した様子だった。彼を騙すような真似をして城を抜け出したことを、クリスティーンはひどく後悔した。

「ごめんなさい、マッケンジー伯。あなたのせいではないのよ」

ジェラルド公爵夫人もクリスティーンの両手を握りしめ、声を震わせる。

「私の軽率な行為で、殿下にもあなたにもご迷惑をかけてしまったわね、許してちょうだい」

クリスティーンが無理やり頼み込んだのに、なんて優しい人なのだろう。

「いいえ、いいえ。私が夫人にご無理をお願いしたのがいけなかったんです。ごめんなさい、お二人とも、本当にごめんなさい」

クリスティーンは涙ながらに謝る。

そんな三人の様子を、イライアスは包み込むような眼差しで見つめていたが、クリスティーンの腰に回した手だけにはしっかり力がこもっている。

「ともあれ、クリスは無事に帰還した。これからも彼女は私の秘書兼補佐役として、力を貸してくれると言ってくれた。そうだね？　クリス」

口調は柔らかいが、クリスティーンを見つめる眼差しには異様な熱がこもっている。

「え、ええ、もちろんよ」

翌日から、以前と同じようにイライアスの側で彼を支える日常が戻った。

ただ、気がつくとクリスティーンの周りには陰に日向にと、ぴったりと護衛や見張り役の兵士がついていた。就寝後の部屋には、外から鍵がかけられるようになっていた。

これはもう二度と、イライアスの手から逃れることはできない、とクリスティーンも観念した。もしかしたら逃亡することで、イライアスの恐ろしいまでの妹コンプレックスに、ますます磨きがかかってしまったのかもしれない。

それでも、前にもましてイライアスはクリスティーンを大事に愛おしむようになったのは、確かだ。

城外に出られないクリスティーンは、イライアスの秘書として務める傍ら、奥庭で花や植物の世話に専念した。この国に先々起こる干ばつや飢饉のことを考えると、食料供給のために、ジャガイモのような役立つ作物がないかと、あれこれ模索もしていた。

その日の午後も、土まみれになってせっせと畑仕事をしていた。

「クリス、ここにいたのか」

背後からイライアスが声をかけてきた。彼は政務が終わったのか、公務用の礼装からゆったりとしたジュストコールに着替えている。側にはマッケンジー伯が付き従っていた。

「お務めご苦労様、イライアス。今、ラディッシュの間引きをしているのよ」

クリスティーンは額の汗を拭いながら、立ち上がる。

「どれ、手伝うよ」

イライアスが上着を脱ぎ、シャツの袖を腕捲りした。

「殿下、そういうことは使用人にお任せしては――」

マッケンジー伯がやんわりと止めようとした。

「いいじゃないか、させてくれよ。実家ではよくクリスと二人で、いろいろな野菜を育てていたんだ。この国の貧しい土壌に向く野菜や果物を、二人していろいろ考えてね」

「そうでしたか、失礼しました」

マッケンジー伯が引き下がったので、イライアスは畑にしゃがみ込み、慣れた手つきでラディッシュの間引きを始める。クリスティーンも傍らで腰を屈めた。

「すごく水々しく、いい発芽だね」

イライアスは摘み取った双葉をぱくりと口に放り込んだ。

「うん、美味い。君は植物を育てる名人だな」

「まあイライアス、お行儀が悪いわよ」

「ふふ、ごめんごめん」

こうやって土いじりをしていると、アーノルド公爵家にいた頃の二人に戻ったようだ。手を動かしながら、クリスティーンはぽつりと漏らす。

「ラディッシュはどこの土でも育つし、すぐ収穫できるけれど、とても主食にはならないわ。もっと、育てやすくて、栄養価の高い野菜があればいいんだけれど」

未来ではこの国の主食としてジャガイモが広まっていたが、この時代にはその影も形もない。どんな土壌でも育ち生産性の高いジャガイモがあれば、と思う。未来の少女が荷車から雪崩落ちたジャガイモで圧死したのは、なにかの因縁のような気がした。

ぼんやり考え込んでいると、

「君は以前から、凶作に強い野菜や果物のことを話していたね——君からの無記名の手紙も全部読んだのだが」

イライアスが顔を振り向け、まじまじとこちらを見た。

「君はまるで、私やこの国の未来が予見できるみたいだ」

クリスティーンはどきりとした。イライアスは鋭い考察力を持っている。まさか、二百年後の未来の少女の記憶が自分に取り込まれた、とは言えない。

「そ、それは……私があなたのために、この国をよくしたいっていう願望の表れなのよ。最悪な事態を想定して準備をしておくことは、大事でしょう?」

しどろもどろで答えたが、

「君の言う通りだ。この国を治める者として、いざという時の備えは重要事項だものね」

イライアスは深くうなずいて納得したようだ。

「そ、そうよ。あの――イライアス、地下になるお芋の存在を知らない？」

「芋？　そうだな――南部で甘い芋が少し栽培されているが、あれは寒い地域では育たないんだよ」

「そうなのね――」

やはりジャガイモはまだないのか。他国でもその存在を聞かない。いったいどこに存在しているのだろう。

と、背後からガラガラ声が聞こえてきた。

「殿下、このような場所で土いじりなど、王太子としての威厳にかかわりますぞ！」

スペンサー首相だ。

イライアスは顔を顰めて、さっと立ち上がる。

「土いじりではない。この国の土壌に相応しい野菜や果物を、クリスと二人で模索しているのだ」

スペンサー首相はじろりとクリスティーンを睨んだ。

「誰にそそのかされたか知りませんが、そのようなことは、農民に任せておけばよろしいのです」

ジェラルド公爵夫人の実家の別荘から連れ戻されて以来、イライアスがますますクリスティーンにべったりになっているのを、スペンサー首相が苦々しく思っているのは強く感じていた。

スペンサー首相はイライアスに顔を戻し、おもねるような声で言った。

「そんなことより、殿下。フェリス王国のアナベル王女殿下とのご婚約の件、進めてようございますね？」

するとイライアスは硬い声で答えた。

「いや、その話はなしだ」

「えっ？　なんですと？」

スペンサー首相が目を剝く。

イライアスは畑にしゃがみ直し、間引きを開始しながらそっけなく言う。

「なぜなら、私はアナベル王女にまったく興味がない。私から婚約を仄《ほの》めかしたこともない。だから、丁重に今後のお付き合いは、お断りしてくれ」

「殿下！」

スペンサー首相の声がわなわなと震える。

「裕福なフェリス王国との連携は、我が国には重要事項ですぞ。そこの、ヘンリー第二王子と婚約破棄になったお方のせいで、フェリス王国との結びつきが失われた今、殿下こそがアナベル王女を娶《めと》られて、確固たる協力を得るべきです！」

スペンサー首相はイライアスに意見する体を取って、暗にクリスティーンをなじっている。クリスティーンはヘンリー第二王子から受けた屈辱の数々を思い出し、胸がずきりと抉られるような気がした。そんなクリスティーンの様子を、イライアスは敏感に察知したようだ。

彼はさっと立ち上がった。

イライアスがずいっと前に進み出た。長身の彼は、スペンサー首相をぐっと見下ろす。

「スペンサー首相。私は政略結婚を繰り返し他国に依存するやり方では、この国の未来はないと思っている。まず、国としてしっかり自給自足できる基盤を作ることに力を注ぐべきだ。それすなわち、グッドフェロー王国の国力を高め、自立した国家を成すことになるのではないか？」

きっぱりと言いきったイライアスの威厳ある姿に、スペンサー首相はしばらく言葉もないようだった。やがてスペンサー首相は苦々しい顔で言い返す。

「それは——その通りでございます。殿下のお考えはご立派であられますが、理想だけでは国は動かせませんぞ」

イライアスは清々しい声で答えた。

「スペンサー首相。王太子の私が自分の国の理想を語って、なにが悪いだろうか？」

その姿は神々しく、さすがのスペンサー首相もそれ以上反論はできないようだった。

「――承知。アナベル王女には殿下のご意向をお伝えしておきます」

スペンサー首相はぼそぼそと言うと、一礼してその場から去っていった。

一部始終を見ていたマッケンジー伯が、感に堪えないといった面持ちでイライアスの足元に跪いた。

「殿下――私、殿下のお言葉に非常に感銘を受けました。私はこの身を捧げて、殿下にお仕えする決意をさらに強くしました」

イライアスが表情を和らげる。

「ふふ、そんなに畏まらなくていい。言いきったからには、私も覚悟を持って政務に当たらねば、と思う」

クリスティーンも感動で胸がいっぱいになった。

イライアスはもう立派な王太子だ。彼がこの国を導き救うのは、間違いない。

「イライアス、私も力及ばずながら、精いっぱいあなたの手助けをするわ」

感涙に咽びながら言うと、イライアスが嬉しげにうなずく。彼はクリスティーンに近寄ると、耳元に顔を寄せていたずらっぽくささやいた。

「本音は、まったく好みでないアナベル王女と結婚したくないだけだけどね」

「もう、そういう失礼なことを……」

クリスティーンが呆《あき》れた声を出すと、イライアスがくすくすと笑う。

「私にはクリスがいればいいんだ」

「――」

このままイライアスは妹コンプレックスを拗らせたまま、誰とも結婚する気はないのだろうか。それでは終生独身を貫いた、イライアス国王の未来の歴史の通りだ。

(とても辛いけれど、いつかイライアスの心をとらえる素晴らしいお相手が現れるのを、待つしかないわ。その時には、私は心から祝福しよう)

クリスティーンは心の中で自分に言い聞かせた。


「まったく、あの若造殿下。この私に説教などしおって」

城内の専用執務室で、スペンサー首相は息子ネイサン財務大臣を前に、ぐちぐちと言い続けていた。

「ついこの間まで、一介の公爵家の子息だったくせに。なんだ、あの偉そうな態度は！　大人しく私の意見に従っていればいいものを。これまでは国王陛下が伏せっておられたため、この国の実権はスペンサー一族が握っていたのに」

ネイサン財務大臣が宥《なだ》めるように言う。

「まあまあ父上。殿下が王家の血筋であられることには変わりはないのですから、仕方のないことです。それよりは、殿下の弱みを探し、脅しをかけるほうがいいでしょう。殿下は若いのだし、なにか女性関係とかで泣きどころとかないですかねぇ」

「ふん、殿下は妹同然に育ったあの娘にご執心だぞ」

「ああ、ヘンリー第二王子殿下に婚約破棄された令嬢ですね。もう嫁の貰《もら》い手がないので、殿下にベッタリして美味い汁でも吸うつもりですかね。もしかしたら、あの娘がよからぬことを殿下に吹き込んでいるのかもしれません」

スペンサー首相の目がギラリと光る。

「殿下からあの娘を引き剝がせば、少しは私の言いなりになるかもしれんな」

ネイサン財務大臣もニタリとする。

「あの娘を少し洗ってみますか」

「ふむ、頼む。なんでもいい、あの殿下に手痛い一撃を与えるネタが欲しい」

「かしこまりました」

二人は仄暗く笑い合った。


半月ほどあとのことである。

クリスティーンはイライアスの執務室で、彼と共にその日の円卓会議の議事録をまとめていた。

そこへ、スペンサー首相が訪れたのだ。

「お仕事中、失礼します殿下。大切なお話がございます」

イライアスはかすかに眉を顰める。

「なにか緊急の用事か？」

深刻そうな雰囲気にクリスティーンは、

「私は席を外しますわ」

そう言って執務室を出ようとすると、スペンサー首相が手を振って止めた。

「いえいえ、ご令嬢に深く関わる問題でございます」

「クリスに？」

イライアスが訝しげな顔をすると、スペンサー首相が扉のほうに向かって声をかけた。

「おい、入れろ」

するとネイサン財務大臣に伴われ、身なりの貧しい高齢の女性がおずおずと入ってきた。

「殿下、この女はその昔、アーノルド公爵家で乳母《うば》をしていた者です。おい、話すがいい」

「は、はい——じ、実は——」

その老女はぼそぼそと小声で話し出した。

「二十年前の春の夜のこと。お屋敷の門前に赤子が置き去りにされておりました。女の赤子でございました。アーノルド公爵ご夫妻は、お子に恵まれませんで、その赤子を不憫に思い、我が子としてお育てになられたのです。赤子はクリスティーンと名付けられました」

クリスティーンは愕然として女の言葉を聞いていた。

スペンサー首相が促す。

「その赤子が、ここにおられるご令嬢なのだな？」

　女性はうつむいたままうなずいた。

「はい、クリスティーン様でございます」

「私が……捨て子……!?」

　クリスティーンは衝撃で頭が真っ白になった。

　ずっとアーノルド家の一人娘だと信じて生きてきたからだ。

　イライアスは表情を変えず聞き入っている。

　老女がハンカチを取り出して顔を埋めて啜り泣く。

「申し訳ありません、お嬢様。このことは口外しないつもりでしたが、私には病気の孫がおりまして、お金を積まれて――」

　執務室の中に、老女の泣き声だけが響き渡った。

　スペンサー首相がいやらしい笑いを浮かべながら、イライアスに話しかける。

「殿下、失礼ながらご令嬢はどこの生まれとも知れません。身分の卑しい出自かもしれません。正式な公爵家の養女となられていたとしても、決して外聞のよいことではありません。このことが外に漏れでもしたら、殿下の権威は失落なさいましょう」

クリスティーンは脚が小刻みに震えてきて、そこに立っているのもやっとだった。すると、それまで無言でいたイライアスが、おもむろに口を開いた。

「それがなにか？」

平然とした口調に、スペンサー首相は不意打ちを喰らったような顔になった。

「な、なにかとは――？」

イライアスは落ち着いた態度で続ける。

「クリスがアーノルド公爵家の娘であることに変わりはない。アーノルド家の両親に愛情を注がれて育ったことにも変わりはない。クリスがクリスであることになにも変わりはない」

イライアスの眼差しが鋭くなり、スペンサー首相をぐっと睨みつける。

「私はクリスを手放すつもりは毛頭ない」

スペンサー首相の顔色がみるみる青くなった。

「そ、そうですか――私は殿下のおためを思って――」

「私のためを思うのなら、全国の農地に灌漑《かんがい》用水路を引くための補正予算を、早く組むがいい――話はそれだけなら、もう行け」

ぴしりとイライアスに命令され、スペンサー首相はそれ以上言い募れないようだった。

「は――失礼します」

と低い声で答え、ネイサン財務大臣と老女を促し、そそくさと執務室を出て行こうとした。するとイライアスが老女を呼び止めた。

「君、待ちたまえ」

老女がびくりとして足を止め、振り返った。

「は、はい殿下、なんでございましょうか？」

イライアスは穏やかな声で続ける。

「君は、赤子のクリスの面倒を見てくれたのだね？」

「は、はい。二歳までお世話させていただきました。その後私は退職し、娘夫婦のもとに身を寄せました」

「そうか。私はクリスの赤子時代は知らないんだ。彼女を無事に育ててくれて、礼を言う」

非難こそされ、礼を言われるとは思いもしなかったらしく、老女は目を丸くした。

「いいえ、殿下、めっそうもない」

「お孫さんが病気だそうだね。いい医者を紹介しよう。無論、医療代はいらない。私からの感謝の気持ちだと思ってくれ」

「殿下——なんと寛大なお言葉——」

老女はその場に平伏し、涙ながらにイライアスを拝んだ。

「感謝いたします。もう二度と、クリスティーン様の生い立ちを口外いたしません」

「そうしてくれ」

クリスティーンは衝撃の事実に頭が混乱していたが、イライアスの誠実な態度にはぐっと胸に迫るものがあった。彼が計算ずくなどではなく、心から老女に感謝しているのだと理解できるからだ。

この様子を、スペンサー首相は苦々しい顔で見ていたが、ネイサン財務大臣を伴いそそくさと立ち去ってしまった。

老女も退出し、二人きりになると、イライアスが気遣わしげに声をかけてきた。

「クリス、突然のことにショックだったろう。ソファにお座り」

彼はクリスティーンに手を貸して、ソファに腰を下ろさせた。クリスティーンはイライアスと目を合わすこともできず、うつむいていた。頭の中がまだ麻痺してなにも言葉が出なかった。

「いきなりあのような話をクリスにするなど、卑しいのはスペンサー首相の心根だ。許しがたい」

イライアスは忌々しげに吐き捨ててから、クリスティーンに優しく言う。

「なにか温かい飲み物を持ってこさせよう。それから、二人で少し話そう。外の侍従に声をかけてくる。そこで待っているんだ」

イライアスが扉口へ向かって行くのを、クリスティーンはぼんやり見送った。

脳内を、先ほどのスペンサー首相の言葉がぐるぐる渦巻く。

（身分の卑しい出自かもしれません――殿下の権威は失落なさいましょう）

自分が側にいるだけで、イライアスの未来の足枷になるのだ。いずれ妹コンプレックスから脱却し、心から好きな女性と出会い幸せに結ばれるまで、イライアスを支え続けるつもりだったのに。まさか、自分が氏素性もわからない捨て子だったなんて。

（もとから、私の存在自体がイライアスには邪魔だったんだわ）

絶望のどん底に叩き落とされたような気持ちになった。今すぐにでも、イライアスのもとから去りたい。けれど、一度逃げたクリスティーンを、イライアスがおめおめと見逃すはずもない。そして、彼のクリスティーンに対する執着は、少しも揺らいでいない。

（イライアスのために、今すぐにでも消えてしまいたい……）

クリスティーンはふと、執務室の机の後ろの窓に目をやった。あそこの窓は、城の中央広場に面している。執務室は城の最上階にあり、下は固い石畳だ。

クリスティーンはふらりと立ち上がった。

イライアスはまだ廊下で侍従と話している。

素早く窓際まで近づき、窓を大きく開け放した。両手をかけて窓枠に足を乗せ、身を乗り出した。不思議と怖くはない。

(どうせ、捨て子だったのだもの。愛するイライアスとずっと寄り添って生きてこれただけで、もう充分だわ)

本当は、イライアスが国王になる姿を見るまで支えたかった。だがきっと、今の彼なら立派な国王になるだろう。

(さようなら、イライアス。ずっと愛している、愛していたわ)

心の中でつぶやき、目を閉じてそのまま飛び下りようとした。ふわりと身体が浮く刹那、ぐっと力強く抱き止められた。

「クリスっ」

イライアスが両手でクリスティーンの身体をかかえて、部屋の中に引き入れた。二人は折り重なるようにして、どさりと床に倒れ込んだ。

「馬鹿っ、なにをするつもりだったんだ!」

イライアスの顔は真っ青で、声は引き攣っていた。

「放して、いかせて! 私はもうあなたの側にいないほうがいいのよ!」

クリスティーンは泣きじゃくりながら、イライアスの腕の中でもがいた。

「なにを言う。そんなことがあるものか！」

イライアスは逃さないとばかりに両手に力を込めた。

「あなただって聞いたでしょう？　私は素性の知れない女なのよ！　あなたの側にいるのに、相応しくないかもしれないのに――あなたはショックではないの⁉」

クリスティーンは激情に駆られて叫んだ。イライアスの顔が苦悶《くもん》に歪んだ。彼は大きく息を吐き、意外にも静かな声で答えた。

「――知っていたんだ」

「え？」

クリスティーンは呆然と目を瞠る。

イライアスはクリスティーンを抱きかかえたまま、ゆっくりと身を起こした。そして、視線をまっすぐに合わせて、繰り返す。

「ずっと前から、君が出自不明なことは知っていたよ」

「まさか、そんな……」

イライアスはクリスティーンの身体を横抱きにし、ソファに運んだ。もはや精魂尽き果てたクリスティーンは、逆らうことなくくたりとソファに身をもたせかけた。

イライアスは立ち上がると開いた窓を閉め、自分の執務机の一番下の引き出しの鍵を開けた。彼はそこから、なにかを取り出した。小さな毛布のようだ。彼はそれを持って戻ってくると、跪いてクリスティーンに差し出した。

「これは、赤ん坊の君がくるまれていた毛布だ」

「私が……」

年月を経て古びていたが、細かい刺繍が施された上等な毛布だ。

「そして、このネックレスが赤ん坊の君の首にかけられていたそうだ」

イライアスは毛布に包まれていた小さなネックレスを取り出す。白い百合の紋様を模《かたど》った金細工に小さいが粒の揃ったダイヤモンドが散りばめられてある。手の込んだかなり高価な装飾品だ。

「私は、十二歳になった頃、アーノルド家の両親から、このことを打ち明けられたんだ。二人は、『クリスティーンのことは実子のように愛し育てている。これからも兄として彼女を守ってあげて欲しい』と、言われたんだ。私はその時、君を守ろうと決意した。この品は、私が王太子として城に上がることになった時、アーノルド家の両親に頼んで、預からせてもらったんだ。いずれ、君の本当の親のことがわかる手立てになるかもしれないと思ってね」

「イライアス……知っていたなんて……」

クリスティーンは涙に濡れた顔でイライアスを見上げた。彼は優しく微笑んでいた。

「心配することはない。この毛布やネックレスから察するに、君はきっと身分の高い人の子どもだよ。それもきっと、よんどころない事情があったんだろう」

「そうだったのね……私は得体の知れない生まれではないのね……」

「ずっと黙っていて悪かったね。この毛布やネックレスは君に渡そう。君の生みの母親の、唯一の手がかりだからね」

「ええ……」

クリスティーンは受け取った毛布をそっと撫でた。徐々に気持ちが落ち着いてきた。

イライアスがその手の上に自分の手を重ねた。

「ねえクリス。私は君の出自なんて、どうでもいいんだ。さっき言ったろう？　クリスはクリスであることに変わりないって。私は、君自身のことを心から好きなのだから」

「え――？」

彼は額が触れ合うほど近く顔を寄せてきた。

「クリス、君を愛しているんだ」

「っ――」

「妹としてではない、一人の女性としてずっと愛していた。君は私のことを、兄のようにしか思っていないかもしれない。だからこの想いはずっと、胸の奥に秘めておこうと思っていた。だが、君が私のために命を投げ出そうとしたのを見たら、もう抑えておくことなんかできなかった」

その言葉に胸がいっぱいになり、息が詰まりそうになる。

よもや、イライアスも同じ気持ちでいてくれたなんて。

「イライアス、私……」

喉がカラカラになって、声が思うように出ない。

イライアスは濡れた瞳でこちらを凝視し、絞り出すような声で言った。

「愛している。今までも、これからも、愛する女性はクリス、君だけだ」

その言葉が甘く全身を貫く。まっすぐに彼を見返し、心の底から気持ちを込めて答えた。

「私も、あなたをずっと愛しているの、イライアス、一人の男性として愛しているわ！」

イライアスの瞳が揺れる。彼の両手が、痛みを感じるほどにクリスティーンの腕を握ってきた。

「本当に？　クリス、今の言葉は真実か？」

「私こそ、あなたは私に妹コンプレックスを拗らせて、執着しているだけだとばかり思い込んでいたわ。だから、こんなよこしまな気持ちを抱いてはいけないのだと、ずっと心の奥に閉じ込めてきたの」

イライアスは花が開くように艶やかに破顔した。

「ふふ――私たちはずっと、あまりに身近にいすぎたのかもしれない」

「ふふっ……きっとそうね」

これまでの誤解や思い込みがみるみる氷解していく。イライアスへの曇りない愛情だけが身体中に溢れる。

二人は忍び笑いを繰り返し、甘えるように鼻先を擦り合わせ、やがてそっと唇を合わせた。

「ん……」

軽く触れただけで、痺れるような甘い悦びが全身に広がっていく。イライアスはクリスティーンの背中に腕を回し、そっと抱き寄せる。そして耳元で艶めいた声で繰り返した。

「愛している、私だけの可愛いクリス、愛している」

「イライアス、私も愛しているわ」

イライアスの濡れた唇が耳朶を這い、こめかみ、額、頬、顎と、次々に優しい口づけを落としていく。再び唇が塞がれる。唇をそっと開き、彼の舌を待ち受ける。するりと忍び込んできた男の舌が、歯列をなぞりクリスティーンの舌を捕らえた。

「んふ……ふ……」

舌を絡め合い、味わう。クリスティーンはイライアスとの口づけに耽溺《たんでき》した。深い口づけを仕かけながら、イライアスの手がクリスティーンのドレスの胴衣の釦を素早く外していく。胴衣の前を開き、コルセットも解き、素肌を解放した。

ふるんとまろやかな乳房がまろび出る。外気に触れると、白い肌が粟立《あわだ》ち、乳首がきゅうっと凝る。

「あ……」

思わず両手で胸を隠そうとして、イライアスにそっと押しとどめられる。彼は潤んだ瞳で見つめてきた。

「今すぐ、君を抱きたい。君が欲しい」

欲望に掠れた声もまた色っぽく、ぞくぞくと背中が震えた。

「私も……あなたが欲しい」

頬を染めて答えると、イライアスはクリスティーンの細腰をかかえ、自分の膝の上に抱き上げた。そのままクリスティーンの乳房のあわいに顔を埋め、染みひとつないすべすべした肌を吸う。ちゅっと音を立てて強く吸われ、つきんとした痛みが一瞬走る。

「つぅ」

白い肌に赤い吸い跡がつく。イライアスは続けざまにクリスティーンの肌を吸い上げた。

「ここも、ここも、君のすべては私だけのものだ」

点々と赤い花びらのような跡が肌に刻まれる。一瞬の痛みは、すぐにじりじりと灼けつくような疼きにすり替わった。

イライアスはクリスティーンの肌を味わいながら、器用にドレスを剝いでいき、一糸纏わぬ姿にしてしまう。剝き出しになった尻に、イライアスの下腹部に息づく硬い屹立の感触を生々しく感じる。それだけで、子宮の奥がつーんと甘くおののいた。イライアスは焦らすように、乳首の周囲の肌を吸い上げ、舐め回す。

「ぁ、や……あ……」

触れられてもいない乳嘴がじんじんとせつなく疼いてしまう。クリスティーンが焦れったげに身を捩ると、イライアスが艶美に笑う。

「乳首も舐めて欲しい？」

クリスティーンは目を伏せてこくんとうなずく。するとイライアスが意地悪い声を出した。

「ちゃんと、言葉にしないとしてあげない」

「っ……ひどいわ」

「言って、クリス」

淡麗な顔を寄せて甘い声で促され、もう抵抗できない。顔を真っ赤にして消え入りそうな声で言う。

「な、舐めて……乳首も……」

「ふふっ、恥じらう君はなんて可愛いんだ」

イライアスは目を細め、熱い口腔に真っ赤に色づいた胸の突起を咥え込む。濡れた舌で硬く凝った乳嘴を転がされると、子宮がきゅうっと強く締まった。それだけで隘路が快感を生み出し、ぶるりと腰が震えた。

「あっ、んんっ……っ」

交互に強く乳首を吸い上げられ、そのたびにびくんびくんと腰が跳ねる。卑猥な愛蜜がとろとろに溢れ、イライアスのトラウザーズにはしたない染みを作ってしまう。

「感じやすくて、可愛い。乳首だけで達ってしまいそうだね」

イライアスが乳房の狭間から掬い上げるように、見上げてくる。彼の赤く濡れた舌が、尖りきった乳首を這い回る様は、あまりに官能的で見ているだけで身体中が熱くなる。

一刻も早くイライアスを受け入れたい。

「も、もう……イライアス」

もじもじと腰を揺すって誘うようなそぶりをする。

「ん？　なに？」

わかっているくせにわざと首を傾げてみせたり、今日のイライアスはいつもより意地悪で、クリスティーンの反応を愉しんでいるようだ。両想いになったことで、気持ちの余裕が出たのかもしれない。官能の火がついてしまったクリスティーンのほうは、もう居ても立ってもいられない気持ちだ。両脚を開き、腰をイライアスの下腹部に押しつけた。

「もう……欲しいの」

すりすりとイライアスの股間に腰を擦りつけると、服地の上からでも彼の欲望がずくんとひと回り大きく膨れたのがわかった。そこに花弁を押しつけ、滾るイライアスの剛直を擦り上げる。

「んあ、ふ、はぁ、はあ……ぁ」

充血した秘玉が擦れて、じんじん痺れる快感を生み出す。それが心地よくて、腰の動きが止められない。

「ふ――いけない子だ――そんなはしたない腰の使い方をするなんて」

イライアスが息を乱した。

「だって、だって、気持ちいいの……」

膨れた彼の股間に、陰唇を擦り上げながら陰核を押し潰し、滑り下りては再び滑り上がるのを繰り返していると、それだけで軽く達してしまいそうだ。

「あ、あぁん、あぁあん」

「もうぐしょぐしょじゃないか、いやらしい匂いがぷんぷんする」

イライアスが股間に指先を潜り込ませ、秘裂を押し開いた。どろりと愛液が溢れ出す。

そのままくちゅくちゅと蜜口をかき回され、再び軽く達してしまう。

「ああっ、やぁん、触っちゃ……」

「吸いつくね、ひくひくして指を引き込んでいく」

彼の長い指がぬくりと捩れた媚肉の狭間に押し込められ、恥骨の裏側の一番弱くダメになってしまう箇所を探ってくる。ぷっくり膨れた天井をぐぐっと押し上げられ、深い愉悦が湧き上がり、脳芯が糖蜜のようにとろとろに蕩けた。

「んぅ、んんーっ」

背中が弓なりに仰け反った。重苦しい快感にびくびくと胎内がうねる。

「……は、はぁ、は……ぁ」

息を弾ませ、涙目でイライアスを見つめると、彼もせつなげな眼差しで見返してきた。

「もう、挿入《い》れてもいいか？」

「私も……欲しい」

クリスティーンの内壁は、イライアスの雄茎で埋めて欲しくて、痛みを覚えるほどきゅうきゅう収斂を繰り返していた。

クリスティーンは尻を浮かせて、イライアスがトラウザーズの前立てを緩めるのを待った。

張り詰めた剛直が引き摺り出されると、クリスティーンはそれを跨《また》ぐように両脚を開いた。イライアスは右手で欲望を支えると、膨れた先端でクリスティーンの花弁をぬるぬると擦った。

「あ、んっ」

熱い亀頭が陰唇を行き来する心地よさに、下肢が蕩けてしまいそうだ。だが、もっと奥に来て欲しい。求めるように腰をくねらせると、イライアスが低い声でささやく。

「このまま腰を下ろして」

「ん……そんなの……」

自分から挿入する羞恥に、全身の血がかあっと燃え上がる。だが、もう我慢できなかった。

「ん……」

ゆるゆると腰を沈める。綻びきった秘裂を割って、イライアスの肉楔の先端がずぶりと呑み込まれた。

「はあっ、あ、挿入ってくるぅ……」

胎内が熱く太い灼熱に満たされていく悦びを、クリスティーンは目を閉じてじっくりと味わう。柔らかな尻がぺたりとイライアスの下腹部に密着した。根元まで受け入れた。

「すご、い、深い……」

先端が奥の奥まで届いている。

「ああ熱いね、クリスの中、ぬるぬるしてきつくて、とてもいい」

イライアスが心地よさげにはあっと息を吐く。

クリスティーンは両手でイライアスの頭を抱き寄せ、艶やかな髪に顔を埋めて胸いっぱいに彼の香りを吸い込んだ。そして彼の耳元で甘くささやく。

「イライアス、あなたでいっぱい――嬉しい」

「好きに動いてごらん」

艶やかな声でそう促され、

「ん……」

そろそろと腰を持ち上げる。濡れ襞が太竿《ふとざお》に絡みついたまま、引き摺り出される感覚にびくりとして動きを止めてしまう。

「あ、あ、怖い……」

「怖くないよ」

イライアスが目の前に揺れるクリスティーンの乳房に顔を埋め、尖った赤い蕾を強く吸ってきた。

「ひぃんっ」

乳首の刺激に合わせて、蜜壺がぎゅっと男根を締めつけてしまう。

「いいね、そのまま腰を使って。好きに動いていいんだ」

「ふぁ、あ、は、はぁ……ん」

言われるままに、ゆっくりと腰を上下にうごめかす。自分の体重をかけているせいか、肉棒が奥の奥まで届くような気がした。

「やん、奥、当たって……これ、だめ……」

「それがいいんだろう？　ほら、動いて」

「んんっ、ん、は、はぁ、あぁ」

初めは遠慮がちだったが、次第に自分の気持ちのいい箇所がわかってきて、腰の動きも大胆になった。クリスティーンが身体を揺らすたびに、結合部からぐちゅんぐちゅんと愛液の弾ける淫猥な音が漏れる。

「あんぅ、あ、当たる、あぁ、当たって、響く、ぅ……」

クリスティーンは悩ましい声を漏らしながら、上下に腰を振り立てた。イライアスは目を細めて淫らに乱れる様を見つめていたが、ふいにクリスティーンの腰を抱きかかえると、真下からずん、と力任せに穿ってきた。

「ひぅっんんっ」

子宮口まで届きそうな勢いに、クリスティーンの瞼の裏に官能の火花が散る。

「あ、や、だめ、激しくしちゃ……」

思わず腰を引こうとすると、逆に引き寄せられ、がつがつと突き上げられた。

「もう我慢できない。今度は私の番だ」

イライアスは目に嗜虐《しぎゃく》の色を浮かべ、さらに強く腰を穿つ。

「あっ、あ、あ、やあっ、やめて、奥、当たるからぁ、だめぇ」

涙声で懇願するが、

「そう言いながら、君の中はきつくうねって、私を放さないぞ。これは、どうかな？」

イライアスは掠れた声でそう言うと、深く挿入したまま腰を押し回し、硬い亀頭で最奥をぐりぐりと抉り込んだ。

「やぁっ、しないで、それだめ、ぐりぐりって、しちゃだめぇ……」

新たな性感帯が開かれる感覚に、クリスティーンは目を見開き身悶えた。イライアスは、乱れ煩悶するクリスティーンの表情を愛おしげに眺めながら、さらに腰を繰り出す。

「ここがいいんだね、ほら、こうするとどうかな？」

最奥の感じやすい一点を狙いすまし、小刻みにそこだけを揺さぶる。

「や、ぁん、あぁん、あ、あぁあん……」

クリスティーンはイライアスの逞しい首にぎゅっとしがみつき、あられもない嬌声を上げ続けた。もう数えきれないほど達していたが、その絶頂が少しもおさまらない。絶頂がどんどん上書きされていくようで、恐怖すら覚えた。

「だめぇ、壊れちゃう……っ、あ、あぁ、あっ」

「壊れていい——壊したいんだ、クリス。これまでの私たちの関係を、全部清算したい、そして——」

イライアスは荒々しく息を吐くと、全身全霊を込めて蜜壺に灼熱の欲望を叩き込んでくる。

「新しくやり直すんだ――」

「あっ、あ、あ、また……あぁ、また、達っちゃ、う」

クリスティーンは髪を振り乱し、イライアスの腰の上で乱れまくり、際限なく極めてしまう。

「愛している、クリス、私のクリス、愛している」

イライアスは熱に浮かされたように愛を叫ぶ。そして、さらにがむしゃらに貫いてくる。

クリスティーンは激しい絶頂の連続に視界が霞《かす》み、嬌声を上げ続けたせいで声が嗄《か》れてしまい、息も絶え絶えに答えた。

「んんっ、あ、わ、たし、も、愛して……いる……っ」

「ああクリス、可愛いクリス、キスを――舌をくれ」

感極まったイライアスが、汗ばんだ顔を寄せてくる。クリスティーンも唇を求める。嚙みくように舌を搦め捕られ、付け根まで強く吸い上げられる。

「んんっ、んーっ、んんーーーっ」

声を奪われ、下腹部に逃げ場を失った喜悦の奔流が渦を巻いた。苦痛を感じるほど達してしまい、いやいやと顔を振り解こうとしても、逃げる唇を追いかけられ、さらに深く口づけを仕かけられる。

「ひぅ、ゆ、るし……んぅ、は、ふぁあああん」

　イライアスは震えるクリスティーンの舌を存分に味わいながら、尻肉を力任せに摑み上げ揉みしだきながら、官能の坩堝《るつぼ》と化した蜜孔を攻め立てる。

「……んふぅ、うぐぅ、ぐぅ……ひ、ひは、も……あぁ、も……ぅっ」

　クリスティーンは塞がれた唇の端からくぐもった声を漏らし、最後の絶頂の大波が襲ってくるのを感じた。四肢が硬直し、腰が強くイキむ。

　クリスティーンの終わりを察したのか、イライアスは太い抽挿を執拗に繰り出す。クリスティーンは唇を引き剝がし、喉も嗄れよとばかりに絶叫してしまう。

「あ、あ、ぁ、だめぇ、あ、だめぇ、だめぇぇぇぇっ」

　激しい絶頂に頭が真っ白に染まり、腰が小刻みに痙攣した。息が詰まり鼓動すら一瞬止まったかと錯覚した。

「く――っ、クリス、出る――っ」

　直後、イライアスが低く呻き、クリスティーンの最奥に熱い欲望の白濁を注ぎ込む。

「あ……あ、ぁ……ぁあ……」

　クリスティーンは目をぎゅっと瞑《つむ》り、至福の時を味わう。

　愛するイライアスとひとつになり、同じ高みで果てる悦びは、何物にも代えがたい。

「は――は、あ――」

　イライアスはクリスティーンの腰を強く引きつけ、びくびくと白濁の残滓を吐き出す。

「……はぁ……は、はぁ……」

止めていた呼吸が戻り、クリスティーンはしどけなく全身の力を抜いた。意識がふわふわとどこかに飛んでいきそうな幸福感に酔いしれる。

弛緩したクリスティーンの身体を抱きかかえ、イライアスが耳元でささやく。

「愛している――」

その声に、遠のいていた意識がふっと戻った。

「わ、たしも……愛しているわ……」

掠れきった声で返すと、イライアスが汗ばんだ首筋や頬に何度も口づけしてきた。

「幸せだ、クリス。私の可愛いクリス」

「イライアス……私の愛しい人……」

二人はぴったり抱き合ったまま、何度も愛をささやき合った。そうしているうちに、快感の余韻にひくつく濡れ襞に包まれたイライアスの男根が、じわじわと容量を増してきた。

「……あっ？」

胎内を押し広げる圧迫感に、クリスティーンの腰がびくりと浮いた。イライアスがふっとため息で笑う。

「やっと気持ちを交わすことができたんだ――一回抱いたくらいでは足りないぞ」

彼はそのままクリスティーンをソファに押し倒してきた。

「ちょ、待って、イライアス、あ、あぁ、あ」

硬く張った剛直《みなぎ》が勢いよく最奥を突き上げてきて、クリスティーンの身体にも再び情欲の火が点る。たちまち官能の甘い悦びに意識が攫われてしまう。

十五年分の想いを取り返すように、二人は何度も身体を繋げ、愛を確かめ合ったのである。

イライアスから受け取ったネックレスを、クリスティーンは肌身離さず身につけることにした。そうすることで、どこかにいるかもしれない生みの母との絆《きずな》が結ばれるような気がしたのだ。

第五章　男と女として

かくして二人は、晴れて恋人同士の関係となった。

とはいえ、二人の仲のよさは以前からのことなので、周囲からはなにも変わっていないように見えたかもしれない。

心を通わせ合ってから数日後のことだ。

前の晩、イライアスのベッドでたっぷりと愛し合ったあと、ぐっすりと眠っていたクリスティーンは、視線を感じてふっと目を覚ました。

ベッドに起き上がってイライアスが寝顔をじっと見ていたのだ。彼はクリスティーンと視線が合うと、ニコリと微笑んだ。

「起こしてしまったかい？　目が冴《さ》えてしまったんで、君の可愛い寝顔を見ていた」

「いやだ、口を開けて寝ていたかも。もうっ、恥ずかしいわ」

クリスティーンは恥じらって毛布を鼻の上まで引き上げて顔を隠す。

「ふふっ、そういうところも可愛い」

イライアスは毛布に手をかけて、クリスティーンの顔からそっと引き剝がす。そして、まっすぐにこちらを見つめてきた。

「クリス、正式に婚約しよう」

「えっ？」

まだ微睡《まどろ》んでいた頭が一気に晴れる。思わずがばっと起き上がってしまった。

イライアスは視線を据えたまま、言い募る。

「君を心から愛している。この気持ちは変わらない。生涯の伴侶は君しかいない。私との婚約を受けてくれるかい？」

彼の目には揺るぎない決意がありありと見えた。クリスティーンは息を詰めてイライアスの顔を凝視し、胸の中で自分自身に問うた。

（クリス、今が人生の一大転機よ。歴史が変わる瞬間かもしれない——）

二百年後の歴史では、イライアス王は生涯独身だった。自分でいいのだろうか。不安はある。しかし、イライアスへの愛情は何物にも代えがたく強い。

（私が、未来をもっと輝かしいものに変えればいいんだ。そうよ、イライアスを幸せにして、もっといい未来を作るのよ。どんな未来も受け入れる覚悟をしよう）

気持ちは揺るがなかった。クリスティーンは同じだけの情熱を込めてイライアスを見つめ、答えた。

「婚約するわ、イライアス。私だって、あなたしかいない」

「ああ、クリス！」

イライアスは艶やな花が開くように破顔した。彼はクリスティーンの右手をそっと取り、手の甲にちゅっと口づけをした。

「ありがとう！　きっと君を幸せにするよ」

クリスティーンはイライアスへの愛情で、胸がはち切れそうに甘く膨らむ。

「今でもとても幸せだわ」

「では——そうと決まれば、すぐにでも婚約発表をしよう」

イライアスの言葉にクリスティーンは内心の浮き立つ気持ちを抑え、いささかの懸念を口にする。

「イライアス、性急ではない？」

「なに、善は急げだ」

「そうだけれど——私の出自不明のことは……」

「なにも問題ない。いや、問題など二人で乗り越えるんだ」

きっぱり言いきられ、クリスティーンも腹を括った。

「わかったわ」

その日の午後、イライアスは、特別の用事向きがあると、執務室にスペンサー首相とマッケンジー伯を呼んだ。クリスティーンも同席していた。

先日の一悶着のせいか、スペンサー首相は浮かない顔つきだ。二人が集まると、イライアスはおもむろに切り出した。

「さて、前置きはなしだ。このたび私は、ここにいるアーノルド公爵令嬢と婚約することを決めた」

「なんですと⁉」「おめでとうございます」

スペンサー首相とマッケンジー伯は同時にそれぞれまったく違う反応をした。スペンサー首相が、真っ先に意見した。

「殿下、先日の私の報告を聞いておられましたか？　そのご令嬢は、氏素性がはっきりしないのですよ。王家に迎え入れるに相応しいとは思えません」

イライアスは平然として、マッケンジー伯に声をかけた。

「だがクリスティーンは正式にアーノルド公爵家の養女になっている。私たちの婚約に不都合はないはずだ、そうだな？　マッケンジー伯」

マッケンジー伯が素早く返した。

「その通りでございます。法律上は、お二人のご婚約に、なんら問題はございません」

スペンサー首相が怒りに真っ赤になった顔で、マッケンジー伯を睨んだ。

「貴殿、前もって、殿下と打ち合わせをしていたな⁉」

マッケンジー伯はしれっと答える。

「なんのことでしょう?」

スペンサー首相は悔しげにぎりっと唇を嚙みしめた。

「そういうことなので、首相、すぐに公布する書類の作成に取りかかってくれ。なるべく早く国中に発表したい」

イライアスの指示に、スペンサー首相は振り絞るような声で答えた。

「承知しました——では早急に」

スペンサー首相がうつむいて執務室を去ると、イライアスは表情を引き締めた。

「マッケンジー伯、私たちの婚約には幾多の困難が待ち受けているだろう。貴殿の協力が必要だ」

「お任せください。必ずや、お二人を幸せなご結婚に導きますとも」

マッケンジー伯の顔には強い意思が滲《にじ》み出ている。

「ありがとう、マッケンジー伯」

クリスティーンが声をかけると、マッケンジー伯は笑みを浮かべた。

「とんでもございません。お二人のご婚約、ひいてはご結婚は、旧弊な慣習が蔓延《まんえん》していたこの国の、新しい歴史の一ページになるでしょう。私は初めてお目にかかってから、この国を正しく公平に導くのは殿下しかおられないと確信しています」

「頼もしいぞ。まずは、貴族議会の承認だな。王族の結婚には、貴族議会の過半数の賛成が必要だ。議員たちがどれほど私を信頼し、支持してくれるかだ」

イライアスの言葉にマッケンジー伯が自信ありげに答えた。

「そちらは問題ないでしょう。これまでの殿下のご功績は、貴族議員たちにも高く評価されております。私の感触では、まず過半数獲得は間違いないかと」

「そうか。ではあとは、粛々と執務に打ち込むのみだな。では、貴殿も自分の仕事に戻るがいい」

「はっ、失礼します」

恭しく一礼して、マッケンジー伯が退出した。二人きりになると、イライアスはぐっとくだけた雰囲気になった。

「婚約発表をしたら、アーノルド家の両親にも伝えよう。そしてすぐに君をお披露目する舞踏会を催すぞ。そのために、新しいドレスを仕立てさせよう。そうそう、婚約指輪も用意しないとね」

「イライアス、あなたの心遣いはとても嬉しいわ。でも、この国は決して豊かではないから、私はなにもいらないわ」

「君のそういう慎ましいところが、とても好きだ。でも一生に一度のことじゃないか。どうせ私はなにも贅沢はしないから、そのぶん、君に素敵になって欲しいんだ。美しい君がますます美しくなることが、私の至上の喜びなんだ」

「もうっ、イライアスったら、やめてよ恥ずかしい」

「二人きりの時くらい、のろけさせてくれよ。私の可愛いクリス」

「もうっ……ふふっ」

「ふふっ」

その日までは、曇りのない幸福感にクリスティーンは酔っていた。

かくして──イライアスとクリスティーンは婚約することになった。

月末の定例の貴族議会で、イライアスとクリスティーンの婚約が議題に上がることになった。議員の過半数が賛成すれば、晴れて二人は正式な婚約者同士となるのだ。議会前のマッケンジー伯の報告では、過半数の議員たちはイライアス支持派なので問題はないだろうということだった。

議会場に向かうイライアスとマッケンジー伯を、クリスティーンは廊下で見送った。イライアスは肩越しに振り返り、軽く手を振った。

「クリス、朗報を待っていてくれ」

「ええ、イライアス」

クリスティーンは一抹の不安をかかえつつも、自分の部屋で粛々と結果を待っていたのである。

そして――。

「王太子殿下のお出ましです」

呼び出し係の声と共に、最上段の王族専用の出入り口から議会場に一歩足を踏み入れたイライアスは、その場の空気がいつもとは明らかに違うことを察した。

議会場はひな壇のように席が並んでいる。最上段に王室関係者の座る席があり、最前列には大臣たちが座り、議員たちは派閥ごとに座っている。イライアスの席からは、議員たちをぐるりと見回すことができた。貴族議員は総勢で百名である。

着席したイライアスは、直立している議員たちの様子を素早く観察した。年配の反イライアス派の議員たちは、冷ややかにこちらに目を向けている。一方で、中堅や若手のイライアス支持派の議員たちの大半はイライアスを信頼しきった顔で見ていた。そして、中央の議長席にはスペンサー首相が傲然とした面持ちで立っている。なにか腹に一物かかえている表情だ。

イライアスは一抹の不安を覚えたが、それは顔には出さない。

「着席せよ」

イライアスの声に全員が着席するや、スペンサー首相が早速といったふうに立ち上がる。

「では、今回の最大議案である王太子殿下の婚約について、検討させていただきたいと思います」

「進めよ、首相」

イライアスは重々しくうなずく。スペンサー首相は議員席のほうを向き、がらがらした声を張り上げる。

「このたび王太子殿下は、アーノルド公爵家の長女クリスティーン嬢との婚約をお望みであります。この婚約について、異議のある者は申し立てるように」

「議長」

すかさず最前列にいたネイサン財務大臣が手を挙げた。

「話によりますと、クリスティーン嬢は養女であられるとか」

スペンサー首相がうなずく。

「その通りです」

スペンサー首相がネイサン財務大臣に目配せした。ネイサン財務大臣がすかさず言い募る。

「それも、アーノルド公爵家の門前に捨てられていた氏素性の不明なお子であるというのは、確かだそうですね？」

議会場がざわめいた。反イライアス派の議員たちが口々に騒ぎ出す。

「議長、捨て子というのは問題ですぞ」「出生の不明な令嬢を、王家の身内にするなど前代未聞であります」「この婚約には反対です」「王家の名誉を汚すことになります」

その場が次第に騒然となった。

スペンサー首相はわざとらしくその場を抑えた。

「静粛に静粛に。決議はあくまで多数決であります」

イライアスは落ち着いたそぶりでいたが、内心毒づいていた。

（スペンサー首相め。ここで切り札を出すか。三文芝居を見せられているようだ）

スペンサー首相がクリスティーンの出自を議会に持ち出すことは、あらかじめ予測はしていた。しかし、イライアスを支持する新進派の議員たちに影響はないだろうと、高を括っていたのだ。だが、支持派の議員たちの何名かに妙に動揺しているそぶりが見て取れた。

イライアスは眉を顰めた。

そこへ、遅れてマッケンジー伯が、あたふたと入場してきた。彼はイライアスに素早く耳打ちした。

「殿下、南部出身の同僚議員たちに聞いて回ったところ、どうやらスペンサー首相は、殿下の支持派の、弱みを握った議員たちに、なにやら脅しをかけていたようです」

「なんだと？」

イライアスがわずかに顔色を変えたのを、スペンサー首相は見逃さなかった。スペンサー首相はすかさず言う。

「では、決を採ります。王太子殿下のこの婚約について、賛成の者は挙手をお願いします」

イライアス支持派の席からさっと手が挙がる。全員の手が挙がれば、過半数を超えるはずだった。だが——十名ほどの議員はうつむいて手を挙げずにいた。

イライアス支持派がざわついた。係員が人数を数え、スペンサー首相のもとに結果を書いたメモを渡す。受け取ったスペンサー首相は得意げに声を張り上げた。

「賛成四十二名——過半数に至りませんでした。よって、この婚約は否決されました」

議会場は、歓声と罵声が入り交じり騒然となった。

「っ——」

イライアスは思わず立ち上がろうとした。

「殿下、不穏な発言はなりませんっ」

マッケンジー伯が咄嗟にイライアスの袖を引いた。イライアスはハッとする。マッケンジー伯が冷静な声で言う。

「ここで殿下が怒りに任せて、王位は継がぬなどと発言なさったら、それこそスペンサー首相側の思う壺です」

イライアスはまさにその言葉が喉まで出かかっていた。本心は、クリスティーン以上に大切なものなどなく、彼女を手に入れられないのなら王位継承など放棄しても構わないと思った。マッケンジー伯が厳しい口調で続ける。

「クリスティーン様は、殿下がこの国をよりよく治められることをお望みでしょう?」

「く――」

イライアスはしばし目を閉じて、心を落ち着かせた。脳裏にクリスティーンの面影を浮かべる。いつもイライアスの未来を信じ心を砕いてくれている彼女のことを思うと、自然に気持ちが落ち着いていく。イライアスは顔を上げ、凛とした声で議員たちに告げる。

「静粛に！　私は粛々と貴族議会の意思に従う。この議題は、いったん保留、先送りにさせてもらう。それでよいか？　スペンサー首相」

スペンサー首相は、当てが外れたような表情になった。マッケンジー伯の予想通り、イライアスが恋情に目が眩み王位継承放棄を口にすることを予想していたのだろう。スペンサー首相はへつらうような顔で答えた。

「承知しました。では、後日また決を採りましょう」

その日の会議はそれで解散となった。

イライアスは王族専用の出口から退出すると、壁にもたれて大きく息を吐いた。マッケンジー伯が気遣わしげに腕を支えた。

「殿下、お気をしっかりとなさってください。別室でお休みになりますか?」

イライアスは首を振る。

「いや、大丈夫だ。この件を、クリスティーンに知らせねばならない。さぞや、がっかりするだろうな」

するとマッケンジー伯が力強い声で言った。

「いいえ、クリスティーン様はとても賢明で芯のお強いお方です。殿下、時期を待ちましょう。いずれ、誰もが殿下に従う日が参ります。あなた様には、その才がございます」

イライアスは目を瞠り、感に堪えないといった面持ちになった。

「マッケンジー伯、貴殿は私の最高の補佐官だ。あなたなしでは、私はこれから先の道に進めなかったろう。心から感謝するぞ」

「恐れ多いお言葉です」

今回は最悪の結果だったが、その代わり得がたい味方がいるのだと再認識できた。

クリスティーンの部屋を訪れると、彼女が待ち侘《わ》びていたように迎えた。

「イライアス、どうでした？　議会の結果は？」

目を輝かせているクリスティーンの顔を見ると、イライアスは胸がきりきりと痛んだ。

だが、真実を告げねばならない。

「すまない、クリス。僅差で婚約の件は否決されてしまったんだ。口惜しかったが、マッケンジー伯に諫《いさ》められた。だからこの件は先送りにした。時期を待とう。次こそは――」

「ああ……そうなのね」

一瞬、クリスティーンの顔から色が消えた。やはりショックだったのだろう。だが、すぐ彼女はニッコリとした。

「仕方ないわ。私が捨て子だったと、議場で暴かれたのでしょう？　それも真実だもの。でもいやあね、私ったら二度も婚約に失敗しちゃって……」

冗談で紛らわせ、イライアスの気持ちを引き立たせようとしているのだ。

なんと健気なのだろう。イライアスは胸がじんと熱く痺れた。

そっとクリスティーンを抱き寄せ、心を込めて言う。

「私は決意を新たにしたよ。必ず、この国の王になる。国民の幸せのために国をよりよく導く。そして、必ずクリスと結婚してみせる」

イライアスの胸に顔を埋めていたクリスティーンは、頭をもたげてきっぱりと言った。

「あなたは絶対に歴史に残る王になるわ。だから、あなたの思うままに前に進んでちょうだい」

たびたび思うのだが、クリスティーンにはまるでイライアスの未来が見えているかのようだ。それが彼女の思いやりや優しさゆえの発言だとしても、背中を強く後押しされる。クリスティーンの口から出る言葉は、全部実現するような気にすらなる。いや、必ずそうせねばならない。それがイライアスのクリスティーンへの愛の証だ。

「愛しているよ、私の可愛いクリス」

さらに強く抱きしめ、彼女の顔中に口づけの雨を降らせた。

「あ、あ、イライアス――」

彼の情熱的な口づけを受けながら、クリスティーンはイライアスの言葉にひどく感動していた。

二人の婚約が議会で問題になるだろうと、予測はしていた。否決されることもあるかもしれないと覚悟していたので、そのことをイライアスの口から聞いても、さほどショックではなかった。それより、イライアスの心の傷のほうを心配していた。彼の自分に対する愛情の激しさは、それが挫《くじ》けた時には反動も凄まじいものがあるのではないか。もしかしたら議会場で婚約を否決されたら、王位継承権を放棄すると宣言するかもしれない、と懸念していた。

だから、議会が始まる前に、マッケンジー伯を呼び出し、話をしておいたのだ。

「マッケンジー伯、私は議員ではないので、決まりで貴族議会場には入れません。それで、議員であるあなたに、ぜひお願いしたいことがあるの」

「なんでございますか?」

「あのね、私たちの婚約のことだけど。あのスペンサー首相のことだから、議会場で私の出自が不明なことを暴露することは充分考えられるわ」

「そうですね——私もそれはあると思います。殿下を支持する議員たちは、リベラル派ですからそれほど心配はしておりませんが」

「それでも、私たちの婚約が否決される可能性はあるわ——その時、もしイライアスが激昂して考えなしの言動に走りそうになったら、マッケンジー伯、どうかあなたがそれを押しとどめてちょうだい。特に、王位継承を放棄するなどと口走ったりしたら、それこそスペンサー首相の思惑通りになってしまうわ。スペンサー首相はイライアスを失脚させ、この国の権力を握りたいと思っているのだから」

マッケンジー伯が目を瞠る。

「クリスティーン様、政局をそこまで読み取られておられるとは、敬服いたしました」

まさか二百年後の偉人伝にそう書かれていたとも言えない。

「き、きっとそうだと思うのよ」

「確かに。今までスペンサー一族は、国王陛下が長患いで伏せっておられるのをいいことに、政《まつりごと》を思うままにしてきました。わかりました、クリスティーン様——」

マッケンジー伯がキッと顎を引く。

「そのような局面になりましたら、私が一命に代えましても殿下をお諫めいたします」

クリスティーンはほっと息を吐く。

「お願いね。頼りにしています」

そして、マッケンジー伯は職務を全うしてくれたのだ。

婚約を否決され、イライアスが内心は激昂したのだろうと想像にかたくない。だが彼は、「口惜しい」で感情を抑え込んでくれた。そして、必ず国王になるという意志を強くした。イライアスの精神的成長に、クリスティーンは胸が熱くなる。

「私も愛しているわ、イライアス。どんなことがあっても、あなたを支えていくわ」

「嬉しいよ、クリス。私の可愛いクリス」

イライアスの声に熱がこもる。ふいに唇を塞がれた。

「んんっ……んっ、んっ」

性急に舌を搦め捕られ、舌の付け根を甘噛みされただけで、じくんと下腹部がおののいてしまう。イライアスはクリスティーンの舌を吸い上げながら、やにわにスカートの裾をたくし上げ、太腿のはざまに手を差し込んできた。ドロワーズの裂け目から長い指が忍び込み、花弁にぬるりと触れてくる。むず痒《がゆ》い刺激に、身震いした。

「あっ、ん」

「もう濡れているね。ほんとうに感じやすくなって」

耳孔に熱い息を吹き込まれ、割れ目に沿って指を上下になぞられるだけで淫らに感じ入って、びくびくと腰が跳ねた。

まう。

「やぁん、だめ……」

「だめじゃなくて、もっとだろう？」

　イライアスが意地悪くささやき、クリスティーンの身体を壁に押しつけ、薄い耳朶や首筋に舌を這わせながら、にちゅにちゅと淫水を弾かせて蜜口の浅瀬をかき回してくる。時折、愛蜜で濡れた指先が、鋭敏な秘玉を掠め、そのたびに鋭い喜悦が子宮の奥を襲う。手慣れた指遣いで官能を高められ、隘路がきゅんと甘く締まって、自ら快楽を生み出してしまう。

「あ、あぁ、だめ、いやぁ、指、しないで……」

　いやいやと首を振るが、イライアスは劣情に滾った瞳で見下ろし、

「だめだ、もう我慢できない」

　と、クリスティーンの細腰を抱え、くるりと反転させる。

「あっ……」

　壁に両手をつく形にされ、腰の上までスカートを捲り上げられ、ドロワーズの紐を引き千切る勢いで解かれた。はらりと床にドロワーズが落ち、ひやりと外気に触れた肌にさっと鳥肌が立った。その刺激だけで、媚肉がとろりと蕩けてしまう。

　イライアスは背後からクリスティーンの胸元に手を回し、力任せに襟ごとコルセットを引き下ろした。ふるんとたわわな乳房が弾み出る。彼は右手で乳房を交互に鷲掴《わしづか》みにし、

くたくたに揉みしだいてきた。

「あ、やぁ……っ」

「ちょっと触っただけで、もう乳首が勃ってきたね」

胸元をまさぐっていたイライアスの手が一瞬止まる。クリスティーンの首にかけてあったネックレスに触れたのだ。それは、クリスティーンが捨てられていた時に毛布に入れられたあのネックレスだった。

「このネックレス——身につけているんだね」

「え、ええ……こうすることで、産んでくれた人とどこかで繋がるような気がするの」

「君らしい——素敵な考えだね」

イライアスの指先が、尖った乳頭をきゅっと摘まみ上げた。ちりっと灼けつくような疼きが子宮の奥に走り、媚肉がざわめいてせつなくなる。

「んあぅ、あ、や、あ……」

身を捩ってイライアスの手から逃れようとするが、さらに強めに乳嘴を捻り上げられ、びくんと腰が跳ねてしまう。

「可愛い、感じやすいクリス、とても可愛いよ」

イライアスが顔を寄せ、クリスティーンの白く細いうなじをきつく吸い上げる。つきんとした鋭い痛みのあとに、じんじんと猥りがましい疼きが全身に広がっていく。

「つぅっ、あっ、あぁん、いやぁ」

「そんなに感じるかい？　なんて声を出すんだ」

イライアスの声が欲望に掠れる。彼は右手で乳房を揉み込みながら、さらにぐちゅぐちゅと蜜口をかき回しては、溢れる愛蜜を塗り込めるように陰核をいじり続けた。

「あっ、あ、あ、だめ、あ、もう、そんなにしない、で……」

内壁が疼いて仕方なく、両脚がはしたなく開いてしまう。ぱっくり開いた陰唇から、たらりと淫蜜が糸を引いて床に滴った。

「ああこんなにびしょびしょにして――いけないね」

背後でイライアスがトラウザーズの前立てを緩める気配がした。早く挿入して欲しくて、無意識に腰が揺れてしまう。

イライアスの熱く硬い滾りの先端が、ぬるりと陰唇を擦った。

「あっ、んっ」

その刺激だけで、軽く達しそうになり背中が大きくしなった。満たされる期待に、胎内がきゅうっと締まる。

しかしイライアスは、ぬるぬると花弁を擦り立てていやらしい水音を響かせることを繰り返した。焦らすような刺激に、飢えた陰唇がぱくぱくと開閉を繰り返す。

「やぁん、もう……っ」

「どろどろだね。これはどうかな？」

太い血管の浮いた肉胴がつるつると滑り、割れ目を押し開いて往復し、先端がひりつく花芽を擦っていく。それだけで、軽く達してしまいそうになる。

「あんっ、も、あ、あぁ、はぁん」

「これだけで達きそう？　達かせてあげようか？」

イライアスが意地悪い声を出した。

「いやぁ、達きたくない……私だけ、いやぁ……」

いやいやと首を振る。肩越しに顔を振り向け、目を潤ませてイライアスに訴える。

「もう、欲しいの、挿入れて……イライアス、あなたの、おっきくて太いのが、欲しい……」

「ふ——そんな淫らなおねだりをされたら、男はひとたまりもないよ」

イライアスの端整な顔が欲望に歪む。

乳房を揉み込んでいた手に力がこもり、イライアスの硬く張った欲望が、媚肉の狭間にぐぐっと押し当てられた。

「挿入れるぞ」

低い声でイライアスがそう言うや否や、ずくりと灼熱の剛直が貫いてきた。

「あああーっ」

飢えきっていた濡れ襞は、歓喜してイライアスの雄茎をきゅうきゅうと締めつけてしまう。

「そんなに締めて——ほんとうにいやらしい身体になったな」

イライアスが息を凝らし、がつがつと腰を打ちつけてくる。彼の先端が子宮口まで深く抉ってくるたびに、脳芯まで悦楽で痺れ、あられもない声を上げてしまう。

「あんっ、あん、あぁん、あぁっ」

「奥が吸いついて——堪らない、私のクリス」

イライアスの呼吸が荒くなる。彼も感じているのだと思うと、ますます肉体は官能の悦びに燃え上がってしまう。イライアスの抽挿の激しさに全身ががくがくと揺れ、両手を必死で壁に突っ張らせていないと、その場に頽れてしまいそうになる。身体に力を込めると、膣壁が自然とイキんでしまい、イライアスの肉胴をぎゅうっと締めつけてしまう。それが心地いいのか、彼の低く呻く声が断続的に耳孔に響く。

「すごい乱れようじゃないか——いやらしくされるのが、好きかい？」

背後から抱く時にイライアスは、少しだけ加虐的になる。それが劣情をさらに煽《あお》って、クリスティーンはどうしようもなく感じてしまうのだ。

「う、うぅん、好き……イライアスなら、なにをされても、気持ち、いいの……」

途切れ途切れに答えると、イライアスの欲望が蜜壺の中でどくん、と大きく脈打ち、さらに嵩《かさ》を増した。

「あんっ、や、大きい……っ」

熟れ襞をめいっぱい押し広げられ、クリスティーンはさらに感じ入ってしまう。

「そんな殺し文句を言うようになったのか、まるで妖婦だな」

イライアスが言葉で責め立ててくる。

「ぅあん、あなただけよ、イライアスだけが、私をこんなにするんだわ……」

心からの声だ。愛するイライアスとする行為だからこそ、こんなにも気持ちよく感じるままに乱れてしまうのだ。彼が求めるのなら、きっとどんなにはしたない行為でも応じてしまうだろう。そして、それがまた新たな官能の扉を開くに違いない。そう思うと、淫らな期待でぞくぞく背中が震えてしまう。

「あん、もっとして、あぁ、いいの、もっと」

自ら腰を振りたくり、イライアスを煽る。

「ああもっとしてあげる、もっとだ、クリス」

イライアスは感情の昂った声を出すと、クリスティーンの双乳を両手でぎゅっと掴み、ぴったりと密着して、ぐいぐいと最奥を突き上げてきた。

「あぁん、あ、あ、すごい、奥、あん、当たるのぉ、太いのが、当たるぅ」

太竿で下から上に、感じやすい箇所を狙いをすませたように抉られると、頭の中が真っ

白になり理性が吹き飛んでしまう。イライアスは凶暴な声で、

「ほら、これはどうだ？　こうされると、また締まるぞ」

と言いながら、乳房をもみくちゃにして乳首を捻り上げる。じんと鋭い疼きが下肢に走り、爪先が内側に丸まり力がこもる。それと同時に媚肉も強く収斂し、熱い愛潮がぴゅっぴゅっと断続的に噴き零れた。

「あ、あっぁ、あ、あ、だめぇ、すご、い、あぁ、だめぇえ」

あまりに感じすぎて耐えきれず、腰が逃げようとする。しかしイライアスはさらに下腹部を押しつけ、結合を深めてくる。耳奥できーんと金属音が響き、意識が遠のく。

「んんんっ、あ、も、あ、も、だめ、あ、だめ、達く……っ」

艶声を上げて、びくびくと腰が痙攣した。

「達くんだ、ほら、もっと達ってしまえ」

イライアスは胸を揉みしだいていた両手をクリスティーンの腰に回し、がっちりと固定すると仕上げとばかりにぐいぐいと恥骨の裏側を掘ってくる。

目の前にチカチカと愉悦の閃光が煌めく。全身がぴーんと硬直する。

「達くぅ、達くぅ、あぁああ、あ、あぁあああーーー」

クリスティーンは喉も破れんばかりに絶叫し、快楽の頂点に飛んだ。内壁が小刻みに収縮を繰り返し、男の吐精を促す。

「くっ──私も、達く──ぞ」

イライアスがくるおしげに呻き、大きく胴震いした。

刹那、どくどくと大量の白濁がクリスティーンの子宮口に注ぎ込まれる。

「……あ、あぁ、あ、いっぱい……くる……っ」

胎内がイライアスの体液で満たされる悦びに、媚肉がぴくぴくとわななく。

「出る──まだ、出すぞ」

イライアスは何度か強く腰を打ちつけ、一滴残らず白濁液を最奥に放出した。

「は……ぁ、あ……はぁ……ぁ」

「は──あ、はあ──」

すべてを出し尽くしたイライアスは、ぴったりと密着したまま肩で息をする。

彼がゆっくりと腰を引くと、愛液と白濁液の混じったものがかき出され、とろりと太腿を伝って滴った。その生温かい感触に、ぞくりと背中が震えた。

力尽き、クリスティーンはずるずるとその場に倒れ込みそうになった。イライアスが素早く抱きかかえる。

彼は汗ばんだクリスティーンの額や頬に口づけを繰り返し、甘くささやいた。

「最高だった──クリス、君はほんとうに素晴らしい」

「イライアス、私もすごく悦かった……愛しているわ……」

「クリス、愛しているよ」

二人はどちらからともなく唇を合わせた。

いつまでもこうしていたい、と思う。

過去も未来も、しがらみもすべて忘れ、ただこうして快楽を分かち合っていたい。

二人だけの官能の世界に、クリスティーンはしばし酔いしれていた。

しかし、それは刹那の悦びだった。

イライアスとクリスティーンの婚約が、貴族議会で否決されたその翌日から――。

社交界の中に、「庶子の生まれの王太子殿下と、出自の不明な公爵令嬢の最悪な組み合わせの婚約」という悪意まみれの噂《うわさ》が湧き起こったのである。

家柄や血筋を重んじる保守的な貴族層は、この婚約に眉を顰めた。

おそらく、反イライアス派の貴族議員やスペンサー首相あたりが噂の火元であろう。

王太子であるイライアスを大っぴらに非難することはさすがに憚《はばか》られるのか、クリスティーンに対する周囲の風当たりは厳しいものがあった。

城内を歩くだけで、通りすがりの紳士淑女たちが遠巻きにして、冷たい視線を浴びせてくる。聞こえよがしに「ほんとうは捨て子だそうよ」「卑しい身分の娘かもしれないわ」「殿下と婚約しようなどと、ずうずうしいこと」「社交界の面汚し」などという声が耳に届いてくる。

爪弾きにされるのには辛いものがあったが、それもとうに覚悟の上だった。

（ここで私が挫けては、育ててくれた両親にも、私を選んでくれたイライアスにも申し訳が立たないわ。あくまで、胸を張って前を向いて生きるのよ）

そう自分に言い聞かせて耐えた。

ただ一人、ジェラルド公爵夫人だけが変わらず優しく親身になって友好を保ってくれていた。

彼女はお気に入りの白い花を携えては頻繁にクリスティーンの部屋を訪れ、園芸のことから社交界の噂まで、話に花を咲かせた。クリスティーンの出自について、ひと言も触れようとはしなかった。今の城内では、イライアス以外にはマッケンジー伯とジェラルド公爵夫人だけが、クリスティーンの味方であったのだ。

だがクリスティーンは、ジェラルド公爵夫人の評判に傷がつかないかと心配でならなかった。

その日も、クリスティーンの部屋でジェラルド公爵夫人とお茶を嗜みながら、楽しく会話していた。会話が途切れた折に、クリスティーンは真顔になってジェラルド公爵夫人に切り出した。

「あの……ジェラルド公爵夫人。私のよからぬ噂はご存知でしょう？　私と親しくしては、夫人の名誉にかかわりませんか？　旦那様のジェラルド公爵もよく思わないのでは？」

するとジェラルド公爵夫人は、少し寂しそうに笑う。

「夫は私のことなど気にも留めないでしょう。あの人は、出向先に愛人がいますから、ほとんど自宅には帰ってきません。私はあの屋敷で、一人ぼっちなのよ。これまで、ホワイトガーデンでお花を咲かすことだけが生き甲斐《がい》だったの」

「え——……」

クリスティーンは言葉を失う。地位や財産、美貌にも恵まれたジェラルド公爵夫人なのに、時折見せる悲哀の表情はそういうことだったのか。

ジェラルド公爵夫人は白くすべすべした両手で、クリスティーンの手をそっと包み込んだ。そして、気持ちを込めて言う。

「ね、だから私にとっても、あなたとのお付き合いは心の救いなの。私に娘がいたら、きっとあなたみたいに素直で優しい娘だったと思うわ。だから、私たちの仲はこのままでいてちょうだい」

「ジェラルド公爵夫人……ありがとうございます」

クリスティーンは涙ぐみながら、彼女の手を握り返した。

しかし、悪評の渦中にいる自分がイライアスに付き従うのは、彼の政務に支障をきたすだろう。

そう考え、クリスティーンは当分は公の席ではイライアスに同伴しないことに決めた。

イライアスは当初少々ごねた。

「私は君といることに、なにも恥じることはない」

イライアスのまっすぐな気持ちは嬉しかったが、矢面に立つのは自分一人で充分だ。

「わかっているわ。でも、今のあなたはまず、未来の国王として揺るぎない信頼を得て、地位を固めることが大事だわ。だから、どうかここは私の意を汲《く》んでちょうだい」

クリスティーンの真摯な言葉に、最後にはイライアスも納得した。

「わかった。見ていてくれ、貴族議会の議員たちが文句のつけようがないほどの実績を挙げてみせる。その暁には、もう誰も私たちの婚約に異議を唱えさせない」

「頼もしいわ。それでこそ、私の愛するイライアスだわ」

クリスティーンは一段と凛々しく男らしくなったイライアスを、誇らしく思うのだった。

ある日、育ての親であるアーノルド公爵がクリスティーンを訪ねてきた。

アーノルド公爵夫妻とクリスティーンは、これまで手紙のやり取りはしていた。しかし夫妻は王太子としての人生を歩み始めたイライアスに里心が起きることを気遣って、城を訪ねることも貴族議会に出席することも控えていたのだ。

「クリスティーン、久しぶりだね。元気そうでなによりだ」

「お父様、よく訪ねてくださいました」

アーノルド公爵とクリスティーンはしっかりと抱き合い、再会を喜んだ。

侍女に用意させたお茶のテーブルに向かい合わせに着くと、アーノルド公爵は真顔になった。

「クリスティーン、お前の出生の事実を黙っていて、ほんとうにすまなかった。よもや、それが今になって暴露されて、お前に辛い思いをさせるなんて、育ての親としていたたまれない気持ちだ。許してくれ」

アーノルド公爵が深々と頭を下げた。クリスティーンはにこやかに応える。

「お父様、謝られることなどなにもないわ。私はお父様にもお母様にも、愛情をたっぷり注がれ育ててもらいました。それで充分です」

アーノルド公爵が目を潤ませる。

「お前は優しい娘だ。私たち夫婦は子をなすことができなかった。あの日、屋敷の前に赤子のお前が置かれていたのを発見した時には、天啓とすら思ったのだ。天使のように美しいこの子は、きっと神様からの贈りものに違いない。大切に育てようと妻と決めたのだよ」

「お父様……」

クリスティーンも込み上げるものがあった。

アーノルド公爵は続ける。

「お前の生みの親については手を尽くして探したのだが、結局わからずじまいだった。ただ身につけているものから、高貴な生まれであるだろうと推測はできた。いつかわかる時がくるかもしれないと、イライアスには事実を打ち明けたのだよ。血は繫がらなくても兄として、お前を守って欲しくてね。お前たちが好意を寄せ合っていたことは、薄々わかっていた。お前たちが婚約すると聞いて、自然の成り行きだと妻と喜んでいたのだが——」

「お父様、イライアスは私の氏素性など気にしないと、言ってくれました」

「イライアスならそう言うだろう——だが、このような事態になってしまって——」

クリスティーンは身を乗り出して、アーノルド公爵の手にそっと触れた。

「お父様とお母様には感謝しかありません。どうか、私たちのことで苦しまないで。イライアスと、どんな困難も乗り越えていこうと決めているの」

アーノルド公爵は感動した面持ちで言った。

「そうか——お前たちの人生が、このような苦難の連続になろうとは思いもしなかった。だが、さすがに私たちの育てた子どもだけある。挫けることなく前に進んでおくれ」

「はい、お父様」

父と娘は情愛を込めて見つめ合った。

第六章　未来の危機と奇跡

この年の秋は急激に気温が下がり、国中の農作物が冷害に見舞われた。

小麦も果樹もことごとく被害に遭い、例年の五分の一にも満たない収穫量となった。目に見えて全国的に食料不足となり、食べ物の値段は上がる一方であった。

イライアスは緊急議会を開き、被害に遭った農家への支援金と、国民全員に給付金を付与することを決めた。そのための予算編成の見直しに、イライアスは夜も昼も寝る暇なく執務につききりであった。国庫の予備の予算をやりくりし、どうにか国民救済の目処は立ったものの、今後の見通しは立たないままだった。

その晩も、夜半過ぎにイライアスが私室に戻ってきた。

寝ずに待っていたクリスティーンが出迎える。イライアスの上着を脱ぐのを手伝い、優しく声をかける。

「お疲れ様、イライアス。温かいミルクを用意してあるのよ、飲みます？」

「嬉しいね。少しブランデーを垂らしてくれるかい？」

「わかったわ」

奥の予備室に準備してあった保温ポットからカップにミルクを注ぎ、言われた通りにブランデーを少量注ぎ、それを持ってイライアスがいる居間に戻った。

イライアスはソファの肘置きに頭をもたせかけ、長々と寝そべっていた。横顔は変わらず端整であったが、顔色は青白い。頬が少し削げて、美貌に凄みが増している。

日毎にやつれていくイライアスの姿に、クリスティーンは胸が張り裂けるようだった。

だが、明るい顔と声を作った。

「さあ、ブランデー入りのミルクよ」

「ありがとう」

イライアスが身を起こし、カップを受け取る。クリスティーンは彼の横に腰を下ろし、そっと身をもたせかけた。

「毎日、大変でしょう」

「なに、王太子の務めを果たしているだけだ。クリスこそ、私が戻るまで起きて待っていなくてもいいのだよ」

「いいえ。あなたが必死で執務に取り組んでおられるのに、のうのうと寝てなんかいられないもの。私にできることなんか、あまりないけれど」

イライアスはしょんぼりしてるクリスティーンの様子をちらりとうかがった。彼はごくりと喉を鳴らしながらミルクを飲んで、うなずく。

「美味い。やはり君が淹《い》れると、何倍も美味いな」

「大袈裟ね、温めただけよ」

「でも、愛情もたっぷり注がれているからね」

「もう……っ」

イライアスがクリスティーンに心配をかけまいと、軽口を叩くのが心に沁みる。

ミルクを飲み終えたイライアスは、シャツの襟元を寛げると小声で言った。

「少し、君の膝を貸してくれるかい？」

「もちろんよ、さあ」

身体をずらすと、イライアスの頭がことりと膝の上に乗せられた。仰向けになったイライアスは、ほうっと深く息を吐く。

「ああ、君の膝は柔らかくて温かいな。気持ちいい、とても安らぐよ」

イライアスが甘い声でつぶやく。そして心地よさそうに目を閉じた。

クリスティーンはイライアスの乱れた金髪をそっと撫でつけてやる。疲れきっている彼に、こんなことしかできないのがもどかしい。

「少しは、冷害対策の件は落ち着いたの？」

「うん――なんとか今季の冬は乗り越えられそうだ。だが、民たちが満足に食べられていないのは、心苦しいよ」

「でも、あなたはできる限りの努力はしているわ」

「しかし、天気だけは努力してもどうにもならない。来年また冷害に見舞われたら、と思うとゾッとするよ」

「……」

クリスティーンは答えられなかった。この先に起こるはずのことを知っているからだ。

（やっぱり、未来の歴史の通りだわ。おそらく、来年再来年にもっと大規模な冷害が襲ってくる。グッドフェロー王国は壊滅的な大打撃を受けるに違いない）

だが、それを解決する手立てが思いつかないままだった。

ふと、イライアスが目を開く。

「今回、随分と国庫から予備の予算を出してしまったからね。そこを埋めるために、なにか国でできないか、と考えたんだ。国際的な催しをして人を集めるのはどうだろうと思ってね」

「催し？」

「我が国は乗馬が盛んだろう？　大きな騎馬大会も頻繁に開かれる。この大陸で、我が国の騎馬大会は非常に注目度が高い。そこで、有償で国際規模の馬術の祭典を開くつもりなんだ。各国から著名人を招き、我が国の騎馬の名手たちの一級の馬術を披露する。多くの観客が集まると思う。我が国にはもともと広い馬場もあるし、名馬と名騎手も揃っている。出費は抑えられると思う。各国から観客が集まれば経済効果もある。いくらかでも国庫の足しにもなるだろう。どうだろうか？」

「それはいい考えだわ。もちろん、あなたも出場なさるのよね？　あなたの華々しい乗馬なら、誰だって魅了されてしまうわ」

「そうだな。ここは客寄せとして、私も出場するつもりだ。国のために大いに喧伝《けんでん》することにするよ」

「いいわね。こういう時だからこそ、明るい活気のある催しは必要だわ」

顔を綻ばせるクリスティーンを見て、ふと、イライアスが黙り込んだ。彼は言葉を選ぶように切り出した。

「クリス——国際的な催しとなると、隣国のフェリス王国も招待しないわけにはいかないだろう。現在フェリス王国は、王太子殿下が政務の中心になられて、彼は多忙の身だ。国際的友好の場には、第二王子のヘンリー殿下が出席することが多い。おそらく今回も、ヘンリー殿下が訪れるだろう。その——君は、不快になるだろうが——」

イライアスが口ごもる。クリスティーンの気持ちを慮《おもんぱか》ってくれているのだ。

クリスティーンはわざと朗らかな声で答えた。

「誰がおいでになろうと、私は平気よ。この国のためですもの。ぜんぜん気にしないわ」

「そうか。ほんとうにすまないね」

「謝ることはないわ。あなたこそ、ヘンリー殿下に二度と決闘なんか申し込んじゃダメよ」

イライアスが唇を尖らせた。

「ダメ出しをされたな。わかった、自重する」

「わかればよろしい」

クリスティーンがおどけた顔で言うと、イライアスが苦笑した。

「ふふっ」

「うふふ」

二人は愛情を込めて笑い合う。

こうやって二人で知恵と力を合わせれば、きっとどんな困難でも乗り越えていける。クリスティーンはそう強く思った。


グッドフェロー王家主催の国を挙げての馬術の祭典は、初春に開催されることになり、前評判は上々であった。

特に、大陸一と謳《うた》われるほどのイライアスの高度な馬術が披露されるということで、いやが上にも注目が集まった。

「殿下、馬術祭典の前売り入場券は、予想以上の売れ行きでございます」

とある冬の午後、マッケンジー伯が目を輝かせて執務室に報告に来た。

「そうか。これは私も気合を入れて、春風号《しゅんぷうごう》と練習をせねばな」

イライアスも声を弾ませる。

春風号とは、イライアスがこの城に上がった当初に、最初に騎乗した馬の名前だ。あの時、何者かから妨害を受け暴れ出した春風号を、イライアスが見事に静めたことで、馬と人との間の絆が強くなった。イライアスは毎日のように厩舎に顔を出し、春風号の世話を熱心に行い、乗馬訓練も怠らなかった。今では春風号はすっかりイライアスを信頼し、彼のどんな指示にもぴたりと従うようになった。まさに人馬一体となった美しい演技は、誰もがため息をつくほど見事であった。

祭典日は国の祝日と決められ、当日は首都を始め各地で大小の馬術大会が催された。会場の周りには食べ物の屋台や物売りの店が並び、景気のいい花火も上げられ、音楽隊が賑やかな曲を奏でた。農作物不作や物価高騰で辛い生活を強いられてきた民たちにも、久しぶりに明るい表情が戻った。

特に王城の大馬場はこの日のために特別な観客席が設けられ、入場券を買った者なら誰でも城内に入れるようになっていた。イライアスが出場する馬術大会をひと目見たいと、大陸中から人々が集まってきた。城の周りには、開場を待ち侘びる人々の長蛇の列ができ、賑わいは予想以上であった。

「イライアス、すごいわ。会場はもう観客でぎっしりよ。立ち見も出るほどだわ」

クリスティーンは少し興奮気味にイライアスの控え室に入って行った。

「そうか。空も快晴だし、いい馬術を披露できそうだな」

侍従に乗馬服の最後の点検をしてもらっていたイライアスが、顔だけ振り向けて笑う。

イライアスの乗馬服は上着と長靴は漆黒でトラウザーズは純白である。上着は、前丈が短く後ろ丈は長く中央にスリットが入っている。鞍に跨りやすい仕立てになっているのだが、歩くたびに後ろ丈が翻り、背筋がぴんとしているのもあいまって、とても格好がいい。

「ああ素敵よ、イライアス。立っているだけで惚れ惚れしてしまうわ」

クリスティーンがうっとりと言うと、イライアスも目を細めてこちらを見る。

「クリスこそ、その黄色いドレス、とても似合っている。早咲きのミモザの花のように艶やかだ」

クリスティーンはぽっと頬を染めたが、少し不安そうに返した。

「私が、貴賓席に座ったりしていいのかしら……まだ社交界からは冷たい目で見られているし……」

「構うものか。堂々としていればいいんだ。君はこの首都一番、いや、この国一番の美しい淑女なんだから」

イライアスがきっぱりと言う。大袈裟だと内心苦笑するが、確かに今日のドレスはひときわクリスティーンを輝いて見せていると思う。襟元や袖口、スカートの裾に至るまで繊細な手織りのレースがあしらわれ、ウエストは思いきり絞り、スカートは大輪の薔薇のように大きく広がっている。

「臆することはない。今日はジェラルド公爵夫人に、君の付き添いを頼んであるから、安心して競技を楽しんでくれ」

「夫人が一緒なら、心強いわ」

「だろう？　私の勇姿を貴賓席からしっかりと見ていてくれよ」

「わかったわ。春風号と頑張ってね」

そう言い置いて、侍女に導かれて城内の大馬場に向かう。貴賓席は会場の一番高い位置に設置されていて、招待された各国の王族や皇族、名士らが座ることになっていた。クリスティーンは一番端の席に向かう。すでにそこにはジェラルド公爵夫人が座して待っていた。彼女が手を振って柔らかい声で呼ぶ。

「クリスティーン、ここよ。隣にお座りなさいな」

クリスティーンの名前を聞くと、貴賓席に座っている人々が何人か、ちらちらとこちらを見遣った。クリスティーンの出自の噂は、あちこちに知れているのだ。クリスティーンは一瞬怯みそうになったが、この大事な日にこそしっかりせねばと、顎を引いて胸を張った。ゆっくりと自分の席に向かうクリスティーンの堂々とした立ち居振る舞いに、人々の彼女を見る目が変わっていくようだ。

席に着くと、いつもはお淑やかな夫人がはしゃいだ表情で言う。

「ああすごい観客ね。こんな立派な馬術大会は、私も初めてよ。ドキドキしてしまうわ」

「ええ、私も興奮してしまいます」

言いながら誰かの視線を感じ、顔を振り向けると、一段上の奥の席に座っているヘンリー第二王子と目が合った。彼はぶしつけな視線でじろじろとこちらを見ている。クリスティーンは思わず、顔を背けた。イライアスには平気だと言い放ったが、やはりヘンリー第二王子には嫌悪感しかない。何事もなく無事馬術大会が終われば、と祈った。

ほどなく高らかにファンファーレが鳴り、国旗を掲げた騎手の後ろから、本日大会に参加する騎手と馬たちが次々に登場する。どっと歓声が上がった。

国内外のトップクラスの騎手たちばかりである。乗っている馬たちも名馬揃いだ。栗毛、芦毛《あしげ》、黒毛などどの馬も綺麗にブラシをかけられタテガミを複雑に編み込みリボンで飾られ、色とりどりの耳当てやフライマスクをつけている。

と、ひときわ歓声が大きくなった。

最後に現れたのはイライアスだ。

春風号はひときわ美しくぴかぴかに毛並みが光り、胸を張って落ち着いて入場してきた。

騎乗しているイライアスは、足捌きだけで馬を巧みに動かしている。イライアスの馬術は、鞭《むち》を使わないで自在に馬を操ることで有名である。それだけに、余計に優雅に見えるのだ。

開会式のあと、中央の競技馬場に一人ずつ騎手が登場し、見事な馬術を披露していく。

グッドフェロー王国よりすぐりの名騎手ばかりで、人馬一体となり、脚を交差して横歩きをしたり、前脚を跳ねるように持ち上げて速足で進んだり、その場で回転したりと、さまざまな技を見せる。演技が終わるごとに、観客からはほうっという感嘆の声が上がった。馬は音に敏感で繊細な動物なので、演技中は静かに観戦することがマナーなのだ。

クリスティーンはこのように大きな馬術競技大会を観覧するのは初めてだったので、夢中になって演技に見入っていた。

最後にイライアスが春風号に跨って競技馬場へ入ってきた。同時に、王室専属の楽団が優雅な曲を奏で始めた。

イライアスは音楽に合わせて演技をすることになっていた。これは非常に高度な技だ。馬は大きな音が苦手で神経質になるので、曲に合わせて演技させるのは相当な練習と騎手の腕前が必要なのだ。今回の大会で、曲を使って演技するのはイライアスのみだ。

春風号はまるでダンスでもしているかのように、曲に乗って滑らかでダイナミックなステップを踏み続ける。スキップするように前進したかと思うと、そのまますっと後ろに下がり綺麗にターンし、だく足という同じ向きの前脚と後ろ脚を交互に上げる難易度の高い技も軽々とこなした。騎乗しているイライアスは一見、にこやかに馬に跨っているだけだが、彼は鞍の上で軽く脚で挟んだり体重を移動したりかすかに手綱を引いたりして、春風号に巧みに指示を与えているのだ。

完璧で華麗な技の数々に、観客たちも息を呑んで見守っていた。

と、突然ぱちぱちと大きな拍手とかけ声が貴賓席から起こったのだ。

「ブラボー！　素晴らしいぞ、殿下！」

クリスティーンはハッとして声のするほうを振り向いた。ヘンリー第二王子が立ち上がって、さかんに拍手してるのだ。競技中は静粛にすることがマナーなのに、なんという礼儀知らずなのだろう。

ぴくりと春風号の耳が震え、馬はその場に立ち止まってしまった。曲だけが流れていく。ヘンリー第二王子の周りの従者たちが、小声で彼を窘《たしな》めている。ヘンリー第二王子は不服そうに着席した。春風号が立ち尽くしたままなので、観客たちは固唾を呑んで見守っている。クリスティーンもこのまま演技が中断してしまうのかと、はらはらした。

曲調が変わった直後である。春風号が右前脚を曲げ左前脚をまっすぐ伸ばし、ゆっくりとお辞儀をしたのである。馬の上半身が前傾になっても、騎乗しているイライアスの背筋はぴしっと伸びたままだ。

そのまま春風号はすっと元の姿勢に戻り、何事もなかったかのように曲に合わせて演技を開始した。その後はまったく滞ることはなかった。

曲が終わり、イライアスは競技場の中央に春風号を進ませると、胸に手を当てて優美に一礼した。直後、割れんばかりの歓声が巻き起こる。

「ブラボー！」「素晴らしい！」「最高の演技だ！」

観客たちは総立ちで拍手と歓声をイライアスと春風号に送る。クリスティーンも立ち上がって惜しみない拍手を送った。感動で胸がいっぱいだった。

「素晴らしい演技でしたわ。馬のあの優雅なお辞儀、見事でした。馬と人間が心から信頼し合っているのですね」

隣のジェラルド公爵夫人は感涙に咽んでいた。

イライアスは競技場をゆっくりと巡り、観客たちに手を振る。その姿は堂々として凛々しく、惚れ惚れするほど立派であった。

かくして、馬術の祭典は大成功に終わった。

その晩、城内では招待した賓客たちを歓待する宴の席が設けられた。イライアスは主催者として出席したが、クリスティーンは内外の目を気にして遠慮することにした。

自室に戻りひと息ついていると、奥の鏡の間のほうからかすかに宴席のざわめきが聞こえてくる。きっと今頃、イライアスは賓客たちから絶賛を浴びているに違いない。

「今日のイライアスは、ほんとうに立派だったわ。それに比べて、ヘンリー殿下ってほん

とうに礼儀知らずで、最悪だわ」

つくづく、婚約破棄されてよかったと思った。その時、侍女がクリスティーンの部屋の扉を叩いた。

「ご令嬢、ジェラルド公爵夫人がお帰りで、ご挨拶したいとのことです」

「まあ、わざわざ――すぐ行くわ」

素早く身なりを整えて控えの間に行くと、夫人がにこやかに待っていた。

「今日は立派な競技会にご招待いただいて、とても素晴らしい時間を過ごさせていただいたわ。どうか、殿下にもよろしくお伝えくださいな」

「いいえそんな、私こそご一緒できてとても楽しかったです」

「ねえクリスティーンさん、またお時間があれば、私の屋敷でささやかなお茶会を開きたいわ。ぜひ来てちょうだい。実はね、新大陸から希少な白いお花を手に入れたのよ。お部屋中を飾って歓待するわ」

「まあ嬉しい、ぜひお邪魔します」

挨拶を交わしてジェラルド公爵夫人がお供の侍女と共に退出するのを、クリスティーンは玄関に続く廊下まで見送った。夫人の姿が廊下の向こうに見えなくなるまで手を振り部屋に戻ろうとして、ふと、向こうの柱の陰から聞き覚えのある声がしたような気がした。

「スペンサー首相、では、あの名馬を私に譲ってくれるのだな?」

「御意。ヘンリー殿下、イライアス殿下は今回の貴国の多額の援助に感謝の意を表して、ご自分の馬をさしあげたいとのことです」

クリスティーンはどきりと心臓が跳ね上がった。足音を忍ばせて柱に近づく。

スペンサー首相がヘンリー第二王子によからぬことをささやいているのだ。

イライアスが大切にしている春風号を人に譲るなど、あり得ないことだ。なぜそんな嘘を吹き込むのだろう。

（今回の馬術祭典の成功で、イライアスの名声は一段と上がったわ。そのぶん、スペンサー首相の権威が落ちるということになる。貴族議会の反イライアス派の議員たちも、イライアスに一目《いちもく》置かないわけにはいかないでしょう。スペンサー首相は焦っているんだわ）

以前、イライアスがクリスティーンを巡ってヘンリー第二王子と揉め事を起こしたことがある。スペンサー首相はヘンリー第二王子を煽って、またイライアスと一悶着起こさせたいのだ。

「では早速酒宴に戻り、イライアス殿下に礼でも言ってくるか」

「それがようございます。あ、私はまだ事後処理がありますので、失礼いたします」

スペンサー首相がそそくさと姿を消した。ヘンリー第二王子は侍従と共に悠然と鏡の間のほうへ歩き出す。

（どうしよう。このままヘンリー殿下がイライアスに春風号を譲れと話したりしたら、血気盛んなイライアスのことだわ、また諍《いさか》いになってしまうかもしれない――でも、イライアスが春風号の譲渡を断ったら、今度はプライドが高くて短気なヘンリー殿下は大騒ぎするに決まっている。どっちにしろ、せっかく成功した祭典も、台無しになってしまうわ）

イライアスがどんな思いで、この馬術祭典に力を注いできたかをずっと側で見ていたクリスティーンは、胸がきりきりと痛んだ。意を決して、急ぎ足でヘンリー第二王子のあとを追った。

「もし、殿下」

ヘンリー第二王子がくるりと振り返り、クリスティーンだと知ると途端ににやけた顔になる。

「これはこれは、ご令嬢。あなたが祝いの席においでにならなかったので、残念に思っておったところだ。わざわざあなたからお声をかけていただけるとはね」

「失礼ながら、先ほどの首相との会話が耳に入ってきましたので――」

クリスティーンはなるだけ相手を刺激しない言い方はないかと、頭を巡らす。

「あの、きっと首相の勘違いでしょう。イライアスは――王太子殿は春風号をとても大切にしておられるので、誰かに譲ることはないと思うのです」

ヘンリー第二王子がみるみる不愉快そうになる。

「なんだと？　私は嘘をつかれたということか？　フェリス国王の名代として来た私に対

し、随分と失敬ではないか？　冷害で困窮しているという貴国に、わざわざ足を運んで支援を申し出ているのだぞ。支援は撤回してもいいのか？」

「それはとても感謝しております……誠に申し訳ありません」

プライドだけはやたら高いヘンリー第二王子を、どう宥めたらいいのだろう。

「あの——私からも深く謝罪します。どうか、お心をお静めください」

クリスティーンは頭を下げた。

「ふ——ん」

ヘンリー第二王子はなにか考えるそぶりで、じっとこちらを見ている。ふいに彼はにやりとした。

「馬の件は、イライアス殿下から直にお答えいただきたい。もし馬が譲ってもらえぬという話になったら、私はたばかられたということだ。到底許しがたい——しかし、あなたが私の条件を呑むというのなら、話は別だ」

ヘンリー第二王子がずいっと身を寄せてきた。

「今夜、私の泊まっている部屋に来てくれるかな？　一晩、お付き合い願いたい」

「え……!?」

まるで娼婦《しょうふ》のように扱われ、顔から血の気が引いていく。唇を震わせて立ち竦んでいると、ヘンリー第二王子は追い討ちをかけるように言う。

「ご了承願えれば、馬の件が無効になっても文句は言うまい。貴国への援助もそのままにする。どうかね?」

クリスティーンはきゅっと唇を噛みしめた。嫌悪と屈辱で背筋が震えた。だがここで腹を括れば、イライアスとグッドフェロー王国の危機が回避できるのだ。イライアスのためなら、自分の身がどうなっても構わない。息を深く吐き、消え入りそうな声で答えた。

「わ、わかりました……そういうことになれば、お部屋にお伺いします……ですから、どうか穏便に……」

ヘンリー第二王子は我が意を得たりという表情になった。

「うむ、では酒席に戻ろうか。無論、貴女も同行願おう。事の次第を、あなた自身の目で確かめてもらわねばならぬからな。さあ参ろう」

ヘンリー第二王子が右肘を曲げて脇をあけた。クリスティーンは嫌々ながら、そこに自分の左手を預けた。よもやこんな形で、酒宴の席に姿を現すことになろうとは。うつむいて歩きながら、ヘンリー第二王子と寄り添う姿を見てイライアスがどう思うだろうと考えると、頭の中が真っ白になってしまう。

ヘンリー第二王子にエスコートされて鏡の間に入っていくと、各国の賓客たちとにこやかに盃《さかずき》を交わしていたイライアスが、さっとこちらを見遣った。

彼と視線が絡んだ。クリスティーンは訴えるような眼差しでイライアスを見つめる。

ヘンリー第二王子が喜色満面といったふうに、クリスティーンを伴ったままイライアスに近づいていく。彼は肩をそびやかせてイライアスに声をかける。

「やあお待たせした、イライアス殿下。ちょうど廊下でクリスティーン嬢とお会いしたもので、会場まで案内していただいたのだ」

イライアスは笑みを絶やさないまま答えた。

「そうですか。なかなかおいでにならないので、心配しておりました、ヘンリー殿下」

「で、そこでスペンサー首相に伺ったのだが、貴殿は今日の花形だった貴殿の持ち馬を、私に譲ってくれるそうではないか」

「え――?」

一瞬、イライアスが絶句した。クリスティーンは目をぎゅっと瞑った。イライアスのために、すべてを投げ打つ覚悟を決めた。

だが次の瞬間、イライアスは満面の笑みで返したのである。

「もちろんです。我が国の友好の証に、私の愛馬をフェリス王国へ寄贈いたします」

周囲の宴客たちがほおっと驚きの声を漏らした。ヘンリー第二王子は、あてが外れて言葉に詰まる。

「う、あ、そ、そうなのか?」

「ええ、フェリス王国も大変愛馬精神に富んでいるとお聞きします。我が愛馬をぜひ可愛がってやってください。そして今後も、手を取り合って両国の発展を目指しましょう」

イライアスが右手を差し出す。ヘンリー第二王子はバツが悪そうにその手を握り返した。二人が握手すると、イライアスの側に付き添っていたマッケンジー伯がすかさず拍手した。

「友好の証とは素晴らしいことです！」

それにつられて、賓客たちもいっせいに拍手をする。

クリスティーンはさりげなく手を解き、ヘンリー第二王子から身を引いた。そして、この上なく優美に一礼する。

「ではヘンリー殿下、私はこれにて失礼いたします」

「う、うむ」

ヘンリー第二王子はあからさまにがっかりした様子だ。クリスティーンは心からほっとした。

頭を低くして宴会場から出て行きしなに、ちらりとイライアスに目を遣った。イライアスは真顔になって見つめ返し、かすかにうなずく。すべてわかっている、といった眼差しに、クリスティーンは胸がきゅんと熱くなる。

急ぎ足で自室に戻り、安堵でくたくたとその場にへたり込んでしまった。

宴会は夜半過ぎまで続いた。

クリスティーンはイライアスの寝室で、じっと彼を待った。

深夜、イライアスがやっと戻ってきた。彼は宴席に出ていた服装のまま、寝室に飛び込んできた。

「クリス！」

「ああイライアス！」

クリスティーンは彼の胸に飛び込んだ。イライアスがぎゅっと抱きしめた。彼の身体からはほんのりと酒の残り香がした。彼を見上げ、ためらいがちにたずねる。

「イライアス……まさか春風号を本当に譲ってしまうつもりだったの？」

「いや――実は、あの場で初めて聞いた話だ」

イライアスがさらりと答えたので、目を瞠った。

「えっ、やっぱりそうだったのね。でも、なんで承諾してしまったの？」

「君がヘンリー殿下に腕を取られて入ってきた顔を見た瞬間、なにかひどい脅迫をされたのだろうとすぐに察したんだ。だから、咄嗟にその場を取り繕った」

イライアスの洞察力に驚かされた。おかげで窮地を救ってもらった。イライアスが静かに続ける。

「もう以前のように、血気に駆られて無謀な行動を起こすまいと決めていた。この国を治める者として、私はもっと自分を律しねばいけない、と心しているんだ」

「イライアス、立派だわ。あなた、ほんとうに大人になったわ……」

感動で胸がいっぱいになる。だがそれとは別に、彼が大切にしている愛馬を手放すことになったのが、口惜しくてならない。

「でも……春風号を譲るなんて……そんな辛いこと……あんなに愛して可愛がっていたのに……ひどいわ、ひどい」

堪えきれなくて啜り泣くと、イライアスは強い口調で言う。

「確かに身を切られるように辛いよ。でも、フェリス王国も愛馬精神に富んでいる国だ。春風号はきっと大事にしてもらえるだろう。だから、もう泣かないで。私にとって、クリス、君より大事なことなんてないんだ。君を守るためなら、私はこの命を差し出すことだって厭《いと》わない。それは、君も同じだろう?」

クリスティーンは涙に濡れた顔を上げる。

「ええそうよ。私はあなたのためなら、いつでもこの命を捧げるわ」

「クリス、愛しているよ」

「私も愛しているわ」

いつの間にか、二人は一人の男として、女として、成長していたのだ。

イライアスの両手が壊れものを扱うように、クリスティーンの顔を包んだ。彼の顔が近づき、甘い酒の匂いが鼻腔を満たす。それだけで酔ってしまいそう。

唇がそっと触れ合う。

「ん……」

甘やかな感触に、心臓が痛いくらいにドキドキした。

そしてこのまま死んでしまってもいいとすら思うほど、イライアスへの愛情で全身が熱く沸き立つのである。

かくして、グッドフェロー王国主催の馬術の祭典は大成功をおさめ、その年の国庫の予算はどうにか穴埋めができる算段がついたのである。

なにより、イライアスがグッドフェロー王国の次期国王に相応しい器の持ち主であると、国内外に周知させたことは大きかった。

これまでクリスティーンの出自の問題などでイライアスと対立していた貴族議員たちも、徐々にイライアス支持に気持ちが傾き始めていた。

しかし、もしまたこのような冷害に襲われたら国は大打撃を受け、復興するには相当の年月がかかるだろう。イライアスは不測の事態に備え、早急に滋養が豊富でかつ栽培の容易い農作物の開発を急がせていた。

クリスティーンだけは、来年再来年と再び大規模な冷害に見舞われることを知っていた。が、それを打破する手段を見出せないままだった。

（愛する人の力になれないなんて、なんて辛いことだろう）

毎日、胸が塞がれる思いだったが、イライアスが真摯に国政に取り組んでいる姿を見ると、なんとしても彼を支えるのだという意気込みを燃え立たせるのであった。

春遅く、クリスティーンは忙しい時間を見繕って、ジェラルド公爵夫人の屋敷を訪れた。

「よく来てくださったわ、クリスティーン。さあ、どうぞこちらへ」

「お招きにあずかり感謝します、夫人」

玄関扉まで出迎えた夫人は、満面の笑みでクリスティーンを居間に案内する。

「クリスティーン、イライアス王太子殿下は、相変わらずお忙しそうね？」

「はい。冷害対策に追われております。及ばずながら、私も力になろうと努めています」

「あなたたちは若いのに、グッドフェロー王国のために心血を注いでおられて、ほんとうに立派だわ。私が少しでも、あなたをお慰みできるといいのですけれど」

「お気遣いなく。私、夫人とお会いできるだけで元気になるんです」

「ふふ、嬉しいことを。さあ、入ってちょうだい」

夫人が目配せすると、付き従っていた侍女が素早く居間の扉を開いた。

「ま……あ！」

クリスティーンは思わず声を上げてしまう。居間は、カーテンからテーブル、椅子、ソファーカバーに至るまで白で統一されてあった。そして、部屋の至る所が真っ白な花で飾られていた。

「まるで居間の中がホワイトガーデンになったみたい」

「そうなの、それをイメージしてみたのよ。さあ、テーブルに着いてちょうだいな」

夫人に促され、椅子に座るとテーブルの上も白い花で美しく飾られてある。茶器もすべて純白だ。ジェラルド夫人の優しい気配りが心に沁みる。

「とても素敵です、夫人」

「喜んでもらえてよかったわ。今お茶を淹れさせますからね」

クリスティーンは目を細めてテーブルの上を見回した。と、中央に飾られてある花に目が留まる。ドキンと心臓が飛び上がり、その花を指差す手が震えた。

声が裏返る。

「夫人、そ、そのお花は？」

「このお花？　前に話したでしょ？　新大陸から運ばれてきた珍しいお花なの。首都の貴族の間でも、手に入れられるのはごく少数なのよ。白くて可憐《かれん》なお花でしょう？」

「え、ええ――あ、あの、もしかしてまだその花は栽培なさってますか？」

クリスティーンのただならぬ様子に、夫人は目を丸くする。

「ええ、庭園に植えてあるわ。今ちょうど、お花が盛りで――」

「み、見せてください！」

「わかったわ、こちらよ」

ジェラルド公爵夫人はクリスティーンの勢いに呑まれたように、慌てて立ち上がった。

夫人に案内され、クリスティーンは庭園に出た。

「ほら、そこの一画よ」

夫人の指差したほうを見遣り、クリスティーンは息を呑んだ。

一面、真っ白なジャガイモの花が咲き誇っていたのだ。

「ああ……奇跡がここに……」

クリスティーンは目頭が熱くなる。涙を拭いながら夫人を振り返る。

「夫人、お願いです。ここの花は摘まずに、枯れるまでこのままにしておいてください。あと三十日ほどで、茎葉が茶色に変色するはずです。そうしたら地下茎を掘って収穫してください」

「わ、わかったわ。あなたの言う通りにしましょう」

「ありがとうございます。まだ植えていない種芋はありますか？」

「種芋？　球根のことなら、庭園の予備室に一袋保存してあるけれど——」

クリスティーンは真剣な顔で懇願した。

「ジェラルド公爵夫人、どうか今すぐその球根を私に譲ってくれませんか？」

「ひどく大切なことのようね。他でもないあなたのためなら、喜んで譲りますわ」

夫人は侍女を呼び、口早に指示した。

「すぐに庭師に言って、新大陸から運ばれた花の球根の袋をここに持ってこさせてちょうだい」

ほどなく、ひと抱えはあろうかという麻袋が運ばれてきた。クリスティーンは震える手で袋口を開いた。中を覗き込む。小粒のジャガイモがぎっしり詰まっていた。

「とうとう見つけたわ……！」

クリスティーンは感涙で声が掠れてしまう。これまで観賞用の花として扱われていて、地下茎が食用になることなど誰も知らなかったのだ。

ジェラルド公爵夫人はわけがわからないながらも、クリスティーンが歓喜していることは悟ったようだ。

「クリスティーン、そのお花がなにかお役に立つのね？」

クリスティーンは目を輝かせて答える。

「夫人、この花が我が国を救うことになるかもしれません。いいえ、必ず救います。大変申し訳ありませんが、今日はこのまま帰らせていただいていいですか？　すぐにイライアスにこのことを知らせないと——」

「わかりました。すぐに馬車を用意させるわ」

「ありがとうございます！」

クリスティーンは麻袋を抱きしめ、そのまま玄関に向かおうとした。あまりに焦って、足がもつればったりと地面に倒れ込んだ。

「あっ」

ごろごろとジャガイモが地面に散らばった。胸のあたりをしたたかにぶつけたが、痛みなど感じなかった。クリスティーンは慌てて這いつくばってジャガイモを拾い集める。

「ああいけないっ」

「クリスティーン、落ち着いて。袋は侍女に運ばせます」

ジェラルド公爵夫人は跪いて一緒にジャガイモを拾ってくれた。その麻袋を侍女に持たせると、クリスティーンの手を引いて、そっと立ち上がらせてくれる。

「私の道楽が、あなたと王太子殿下のお役に立てるならこんな光栄なことはありません。さあ、行ってちょうだい」

「ありがとうございます、夫人。必ず役に立てます」

クリスティーンはそのまま後ろも見ずに玄関口に急いだ。

「あ……クリスティーン、落とし物が――」

背後で夫人が声をかけてきたような気がしたが、もう耳に入らない。玄関口に横付けされていた馬車に飛び乗り、侍女から麻袋を受け取るとぎゅっと胸に抱きしめた。心臓がドキドキしていた。

（見つけたわ、イライアス、ジャガイモよ。これがこの国を救うはずよ）

城に戻ると、麻袋を抱えて執務室へ急いだ。扉をノックするのももどかしく、部屋に飛び込む。

「イライアス！」

執務机でマッケンジー伯と打ち合わせをしていたイライアスは、血相を変えたクリスティーンの様子に目を丸くする。

「どうしたんだ、クリス？　血相を変えて――」

「こ、これ……見てちょうだい」

クリスティーンは息を切らしながら、麻袋を開いて執務机の上にざあっと種芋を広げた。

「見たことのない根茎だが、これが？」

「これは新大陸から持ち込まれたお芋の仲間なの。今までお花だけが観賞用に使われていたのだけれど、根茎が食用になるのよ。滋養もあるし、美味しいの。丈夫で、寒くて貧しい土地でも育てやすいの。生育も早くて大量にお芋がつくし、年に二、三回は収穫できるわ。このお芋を国中で栽培するようにして欲しいの！」

イライアスは種芋を手に取ると、まじまじと見た。

「この芋が――」

「まずこのジャガイモを味わってちょうだい。マッケンジー伯、この芋をいくつか厨房《ちゅうぼう》に持って行って、コックに命じて茹《ゆ》でてもらって。茹で上がったら、塩とバターを添えてここに運んでください」

「承知しました」

マッケンジー伯はジャガイモを数個手にすると、すっ飛んで行った。ほどなく、ワゴンを押した従者を従えて戻ってくる。

「クリスティーン様、指示通りに調理してまいりました」

「ありがとう、そこのテーブルへ。さあイライアス、マッケンジー伯、試食してみて」

従者が皿を並べ、茹でたてのジャガイモをバターを添えて配膳した。イライアスとマッケンジー伯はクリスティーンの勢いに呑まれたように、無言でテーブルに着く。

「ほかほかとよい匂いがするな」

イライアスはフォークとナイフで茹でたジャガイモを切り分け、ためらいなく口にした。クリスティーンは息を詰めて、もぐもぐしているイライアスの表情をうかがう。

「ど、どう?」

イライアスが驚いた顔になる。

「これは——美味い」

マッケンジー伯もジャガイモを食し、感心したように言う。

「癖がなく、どんな味付けでも使えますね」

「そうなのよ。そのまま食べてもいいし、シチューや炒《いた》め物、揚げ物にしても美味しいの！」

イライアスは目を輝かせた。

「この芋がクリスの言う通り寒冷に強く栽培しやすいのなら、広める価値は大いにあるぞ」

クリスティーンはほーっと大きく息を吐いた。

「よかった……」

イライアスはすくっと立ち上がった。

「マッケンジー伯、残りの種芋を、ただちに城内の農地に作付けさせろ。まず、城内で育成し、ここから広めていこう」

「かしこまりました。直ちに」

「あ、マッケンジー伯、ジャガイモは浅植えにしてね。あまり深く植えてはダメ、芽が出て花が枯れて葉っぱが茶色くなる頃が収穫期よ、おおよそ三ヶ月が目安かしら。あと、ジエラルド公爵夫人のお屋敷のお庭に相当数栽培されてあったわ。あちらはあとひと月ほどで収穫できるはずよ。そうしたら、もっと大量の種芋が手に入るわ」

「承知。不明な点は、またご質問にまいります」

マッケンジー伯は種芋の入った麻袋を手にすると、テキパキと執務室を出て行った。

「よかった……これでこの国は救われるわ」

クリスティーンはそれまで張り詰めていた糸がぷつんと切れ、その場にへたり込みそうになった。イライアスがさっと抱き止める。

「クリス、君ってひとは——奇跡だ。君は奇跡のひとだよ」

イライアスはぎゅうっと抱きしめ、耳元で甘くささやく。彼の広い胸に抱かれると、クリスティーンは新たな活力が湧き、疲れも吹き飛んでしまった。

「ううん。あなたを助けたい、救いたいっていう一心だったの」

「でもよく、この芋を発見したね」

クリスティーンの心臓が一瞬ドキンと跳ねる。

「う、あ、ジェラルド公爵夫人のお屋敷に栽培されていて、たまたま地下茎を見つけて——食用にならないかしらと思って、いろいろ試して……」

少し説明がしどろもどろになってしまうが、イライアスは納得したようだ。

「そうか、もともと君は植物の知識が豊富だものね。経験の積み重ねが、いかに大事か私も見習わなければ」

「ううん、昔からあなたとアーノルド家の領地の農地を視察したりして、農作物について学んだおかげよ」

「私の可愛いクリス、君はまさに私の片割れだよ」

「ええ、私の半身はあなたのものだわ」

二人はきつく抱きしめ合う。

イライアスはクリスティーンの細い顎をそっと持ち上げ、触れるだけの口づけをした。頬を染めて彼の青い瞳を見上げれば、繰り返し啄むような口づけに変わる。

「ん……」

目を閉じて口づけを受け入れていると、次第にそれは深いものになる。イライアスはクリスティーンの舌を搦め捕りながら、右手でそろそろとドレスの胴衣の前釦を外していく。

「んふぅ、あ、だめ……よ、こんなところで……」

危うく情熱的な口づけに溺れそうになり、やんわりとイライアスの右手を押しやった。

「ごめん、つい気持ちが熱くなってしまった」

イライアスは素直に手を引いた。

「もう――」

クリスティーンはイライアスを軽く睨み、胴衣の前釦をかけ直そうとした。その時、ハッと気がつく。

「あっ、ネックレスがない……」

「なんだって？　あのネックレスかい？　私が手を引っかけて落としたかな」

二人は床にしゃがみ込み、ネックレスを探し回ったが見つからない。

「ああ――私ったら、どこかで落としてしまったんだわ。なんてこと――私の出生の唯一の手がかりだったのに――」

せっかく気持ちが盛り上がっていたのにと、しょんぼりと肩を落とすと、イライアスが宥めるように背中を撫でてくれる。

「仕方ないよ。でも、気にしなくていい。君の出生のことなんて、私の愛に少しもかかわりのないことだもの」

「ええ……そうね」

イライアスの優しい言葉は身に沁みたが、やはり自分の迂闊《うかつ》さに気落ちしてしまう。イライアスはクリスティーンの落胆している様をじっと見ていたが、ふいに決意に満ちた表情になった。

「よし、決めた！　次の貴族議会に、国を挙げての一大事業として、この芋の栽培を全国に広める議案を出す」

「さすが決断が早いわ、イライアス。あなたらしい」

彼の勢いのある言葉に気持ちがぐっと引き上げられた。イライアスはさらに真顔になる。

「その時、この芋の発見者として、君を議会に同伴していく」

「えっ？　そんな異例な――」

「君の偉大な功績を貴族議会中に知らしめるんだ。そうすれば、早いうちに私たちの婚約は承認されるだろう」

クリスティーンはイライアスの強引な手段に、驚愕した。

「そ、そんな――私の出自不明の問題が解決したわけでは……」

「人の価値はそんなものではない。君はこの国を救う偉人になるかもしれないんだぞ」

「――」

クリスティーンはイライアスの力強い言葉に圧倒され、言葉を失う。そして、未来の歴史とは違う分岐を進んでいることを悟った。

（ほんとうなら、イライアスがジャガイモを見い出し国を救うはずなのに、その役割が私になっている――私がイライアスと結ばれたことで、未来が変わっているんだわ――）

だが果たしてスペンサー首相を始めとした反イライアス派の議員たちが、そのことだけで納得するだろうか。おずおずと聞き返す。

「もし、それでも私たちの婚約が承認されなくても――王位の継承権を破棄するなんて言わないわよね？」

イライアスが笑みを浮かべた。

「言わないさ。私は必ず国王になってこの国をよき未来に導くと決意している。もし今回も承認されないのなら、私が国王の座に就くまで、君に待っていてもらうしかない」

「え――」

「この国の権力の頂点に立ったら、法律を変える。君と絶対に結婚する。もしかしたら、随分と待たせてしまうかもしれない。でも、待っていてくれるか？」

イライアスの強い意志に、クリスティーンは胸が震えた。

「わかったわ。私、ずっとあなたの側にいる。おばあさんになっても、待つわ」

イライアスが苦笑する。

「そこまで待たせない、きっと」

「きっと」

二人は熱く見つめ合い、再びしっとりと口づけを交わすのだった。


数日後の、貴族議会でのことである。

クリスティーンは、あらかじめ議会場の王族専用の扉の後ろで待機した。

先に議会入りしたイライアスは、今後の冷害対策の議案として、ジャガイモの栽培を全国的規模で進める法案を出した。彼はあらかじめマッケンジー伯に作成させてあった資料を、議員たちに配り話を始めた。

「これは新大陸から持ち込まれた地下茎の芋である。これまで花だけが観賞用に使われていたのだが、地下茎が食用に適しているとわかった。すでに私が試食したが、非常に美味であった。この芋は丈夫で寒くて貧しい土地でも育てやすい。生育も早くて大量に実がなり、年に二、三回は収穫できるという。これからは、冷害に強いこの芋を我が国の主食として広めていきたい。ひいては、我が国の特産品として交易の中心にしていくつもりだ」

イライアスの理路整然とした説明に、議員たちはひどく感銘を受けた。

「まさに歴史的発見です」「さすが殿下」「これで民たちも救われましょう」

議会中に感嘆の声が上がった。スペンサー首相も反論の余地がないようで、顰め面で黙り込んでいる。それを見計らったイライアスは、

「実は、この芋の発見者は私ではない」

と切り出し、背後の王族専用の扉の前で佇んでいたマッケンジー伯に目配せした。マッケンジー伯が素早く扉を開く。クリスティーンは、深呼吸すると意を決して中に足を踏み入れた。

女性が入場してきたので、議会場がざわめいた。

「こちらへ、クリス」

イライアスがクリスティーンに手を差し伸べる。クリスティーンは彼の手に自分の手を預け、最上段の席の前に立った。雛壇《ひなだん》の貴族議員たちが驚いた表情で見上げてくる。イライアスはぎゅっとクリスティーンの手を握り、声を張り上げた。

「皆も彼女のことは知っているだろう？　クリスティーン・アーノルド令嬢だ。彼女こそが、この国の食料事情の救世主である。彼女がこの芋の価値を見出したのだ。これまでも、

彼女はずっと王太子である私を支えてくれていた。だから――」

イライアスが凛として告げる。

「私はここに、彼女との婚約の承認を再び求める！」

一瞬、議会場は水を打ったように静まり返った。

クリティーンも愕然とした。

まさか、今日ここで婚約の案件を持ち出すとは思わなかったのだ。だが、動揺を表に出すまいとぐっと堪える。全身に刺さるような貴族議員たちの視線に必死で耐えた。

(臆してはだめ。どんな非難を浴びようと、負けない。イライアスが選んでくれた女性として、最後まで堂々としているわ)

スペンサー首相が呆れた顔で発言した。彼は性懲りもない、といった口調で言う。

「殿下、失礼ながら、そのご令嬢との婚約は以前に否決されました。やはり出自の不明な女性との結婚は、承認いたしかねまする」

イライアスは負けじと返す。

「そうなのか？　議員諸君、彼女の功績をもってしてもそう思うのか？」

反イライアス派の議員たちに、困惑と迷いの色が浮かんだ。

その時である。

「発言よろしいでしょうか？　殿下」

重々しい声と共に、一人の品のいい初老の議員が立ち上がった。イライアスはその議員に振り向き、うなずいた。

「発言を許す。アボット伯爵」

クリスティーンはハッとした。

（アボット伯爵といえば、ジェラルド公爵夫人の実のお父様だわ）

アボット伯爵はクリスティーンを感情のこもった眼差しで見上げた。それから彼は咳払いをひとつすると、意を決したように話し出した。

「そこにおられるご令嬢は――私の孫娘です」

「⁉」

クリスティーンは一瞬、言葉の意味が入ってこなかった。議会場にもどよめきが走った。

「静粛に！」

イライアスがぴしりと叱責すると、議会場はたちまち静かになる。アボット伯爵は淡々と語り出す。

「私の一人娘は、十七歳で某伯爵と恋に落ち、身籠ったのです。だが、某伯爵には妻子がおられた。私は醜聞を恐れて娘の悲嘆も顧みず、その赤子をどこか裕福な貴族の屋敷前に捨て去るよう、侍従に命じたのです。娘はその後、私の強引な勧めでジェラルド公爵と結婚しました。今思えば、私はなんと無情な父親であったか――娘は結局夫婦仲がうまくいかず、不幸な結婚生活を送ることになってしまった。そして私はずっと、赤子を捨てさせたことで自分を責め、後悔しておりました――」

アボット伯爵が洟《はな》を啜った。議会場はしーんとなる。

アボット伯爵は、懐から小さなネックレスを取り出した。

「これは、我がアボット伯爵家に代々伝わるネックレスです。娘は赤子を侍従に託す時に、このネックレスを携えさせたそうです。そして、このネックレスを身につけておられたのが、かのご令嬢です。娘の屋敷でご令嬢がこのネックレスを落とされ、これを見た娘は、年齢からしても我が子に間違いないと確信したのです」

クリスティーンはハッとした。

（ジャガイモの花を見つけたあの時、私、転んでネックレスを落としてしまったんだ――では、では、ジェラルド公爵夫人こそが、私の生みのお母様だというの……!?）

思えば、最初の出会いからずっと、ジェラルド公爵夫人には不思議な親近感を覚えていた。深い縁があったのだ。感動で嗚咽《おえつ》が込み上げそうになった。

「私の話は以上です」

アボット伯爵が深々と頭を下げて着席した。

イライアスは静まり返った議会場をぐるりと見回した。

「これで、クリスティーン嬢の身元はアボット伯爵家の出だとはっきりした。さて、私と彼女の婚約に異議がある者は名乗り出よ」

誰も発言しなかった。ネイサン財務大臣は気まずそうにうつむき、スペンサー首相は顔を真っ赤にして苦々しく唇を噛んでいる。

「では、この婚約を承認する者は挙手を願う」

イライアスの言葉に、貴族議員たちは次々と手を挙げた。もはや数えるまでもなく、ほぼ満場一致であった。

イライアスは大きくうなずき、朗々とした声で告げる。

「ここに、私とクリスティーンの婚約は承認された」

クリスティーンの手を握っていたイライアスの手にぎゅっと力がこもった。

「婚約おめでとうございます！　殿下！」

マッケンジー伯が拍手をした。それをきっかけに、議会場に拍手と祝福の言葉が巻き起こった。

「婚約おめでとうございます！」「殿下、ご令嬢おめでとうございます！」

「ありがとう、皆、ありがとう」

イライアスが声を弾ませる。そして、晴々とした表情でクリスティーンを見遣った。

「愛している、私の可愛いクリス」

「ああ……」

クリスティーンは言葉にならなかった。まるで夢の中にいるような気分だった。鳴りやまぬ拍手に包まれ、クリスティーンの頬に幸せの涙が零れ落ちた。

議会はそのまままいったん休憩となった。

イライアスに伴われて王族専用の出入り口から議会場を出たクリスティーンは、そこでまた新たな衝撃を受けた。

廊下に、涙ぐんだジェラルド公爵夫人が立っていたのだ。

「夫人……！」

クリスティーンは声が震えた。

「二、三日前に、私のところに夫人がペンダントを持っておいでになってね。すべて話してくれ、力を貸して欲しいと頼まれたのだよ」

イライアスは秘密を打ち明けるように、耳元で言った。クリスティーンはやっと気がついた。

「イライアス、私の出生の真実を知って、議会に婚約の件を持ち出したの？」

イライアスがにんまりした。

「アボット伯爵とも、前もって打ち合わせをしておいたんだよ。効果的だったろう？」

「もう……！　あなたには、驚かされてばかりだわ」

ジェラルド公爵夫人が歩み寄り、クリスティーンの足元に頽れて啜り泣いた。

「クリスティーン、我が娘。どうかこの愚かな母を赦してください。ずっとずっと、あなたのことを思わない日はなかったの。あなたがこんなにも健やかで美しい娘に育ったことを、アーノルド公爵家に心から感謝します」

クリスティーンは膝を折り、ジェラルド公爵夫人の肩にそっと触れた。

「どうか謝らないください。私はこの世に生まれて、とても幸せなのですから。そして夫人のように優しいお方が実の母だとわかり、さらに幸せになりました」

それは嘘偽りない心からの言葉だった。

「おおクリスティーン――」

ジェラルド公爵夫人は涙に濡れた顔を上げ、震える両手でクリスティーンを抱いた。母娘はしっかりと抱き合った。

そんな二人を、イライアスは慈愛に満ちた表情で見守っていた。

その晩。

二人はベッドでたっぷりと愛を交わし合ったあと、官能の余韻に気だるく身を任せていた。クリスティーンはイライアスの引き締まった広い胸に顔を埋め、深くため息をついた。

「ああ……幸せだわ……こんなに心安らかになる日が来るなんて……」

クリスティーンの髪の毛を優しく撫でつけながら、イライアスもしみじみした声を出した。

「そうだね――今度こそやっと、君を手に入れた」

クリスティーンは顔をもたげ、イライアスの顎のあたりにちゅっと口づける。

「私は今までもこれからも、あなただけのものよ」

イライアスの白皙の顔がくしゃっと歪んだ。

「私のクリス、可愛いクリス――」

彼は涙声になった。これまで、イライアスが泣いた姿など見たことがなかった。胸が熱くなる。どれほどイライアスの深い愛に守られてきたろう。

やにわにイライアスはクリスティーンを強く抱きしめ、髪や額に何度も口づけしながらささやく。

「愛している、愛している」

「イライアス、私も愛しているわ」

イライアスはクリスティーンをシーツの上に仰向けに倒し、そのまま覆い被さってきた。

「もっと愛してあげよう」

彼はクリスティーンの首筋に顔を埋め、乳房を右手で揉みしだきながら、両脚の間に腰を押し入れてきた。活力を取り戻したイライアスの欲望が、ぐぐっと花襞を押し広げてくる。

「あ……んっ」

すでに濡れ果てていた蜜腔は容易に彼の剛直を受け入れた。熱く膨れた肉胴がずぶずぶと最奥に突き進んでくると、心地よい圧迫感で全身が甘く痺れていく。

クリスティーンは両手でぎゅっとイライアスの首に抱きついた。

「もっと愛して、もっとたくさん」

「クリス――」

イライアスが力強い律動を開始した。

「あっ、あぁ、はあぁ……」

次第に高まっていく快楽に、身も心も蕩けていった。

最終章

かくしてジャガイモの栽培は、クリスティーンが中心になって指導し全国に広められた。

その翌年も、グッドフェロー王国は冷害に襲われたが、すでにジャガイモの生産が国中の農家に伝播《でんぱ》されており、食料危機は辛くも免れることができた。寒さに強く丈夫で大量生産が可能なジャガイモは、農家の人々から「奇跡の芋」と称賛された。また、発見者のクリスティーンの名前を付けて、「クリスポテト」と呼ばれるようになった。

その間、イライアスはスペンサー首相の身辺捜査を徹底的に行った。

そして、スペンサー首相が息子のネイサン財務大臣を使って長年予算書類を改竄《かいざん》して、税金を巨額に横領していたことが発覚したのである。さらに、兄である前王太子の事故死やジェラルド公爵夫人の馬車の事故にも、スペンサー首相が関わっていると判明した。彼は首相の地位を失脚し、ネイサン財務大臣と共に逮捕されることとなった。

イライアスは新たな首相に、マッケンジー伯を任命した。

一方。隣国フェリス王国では、ヘンリー第二王子が女性関係の不祥事を繰り返し、遂に国王から国境の一領主となることを命じられて、王城を追放された。

そして、春風号はグッドフェロー王国に丁重に返還されることとなった。春風号は誰が騎乗しても、頑として命令に従わず動こうとしなかったのだ。この名馬を乗りこなせるのは、イライアスしかいなかったのである。


婚約が成立してから一年後、イライアスとクリスティーンは首都の大聖堂で華々しい結婚式を挙げることとなった。

二人の結婚が決まると、病床の国王陛下は退位し王位をイライアスに譲ることを公にした。結婚式の翌週に、イライアスは王位を正式に継承し戴冠式が行われることとなった。

——結婚式の直前の、大聖堂の花嫁の控え室では。

今まさに聖堂に向かおうとしているウェディングドレス姿のクリスティーンを、ジェラルド公爵夫人とアーノルド公爵夫人が見守っていた。

袖を膨らませレースをふんだんにあしらった、大輪の花のように広がったプリンセススタイルのウェディングドレス、ダイヤモンドを散りばめたティアラに、後ろに長く引くロングヴェール、手には白薔薇のブーケ。

「ああクリス——なんて美しい花嫁姿なのでしょう」

アーノルド公爵夫人は感涙に咽ぶ。

「クリスティーン、末長く幸せになってちょうだいね」

ジェラルド公爵夫人はクリスティーンの手を握り、涙を流す。

クリスティーンも目を潤ませながら、育ての母と生みの母に挨拶した。

「お二方、私を産んでくださり、そして大事に育ててくださって、心から感謝します。これからも、お二人の愛情を忘れず、前を向いていきます」

控え室の扉が軽くノックされ、礼服姿のマッケンジー伯が扉を開けて声をかけた。

「祭壇に向かうお時間です。お父上がお待ちです」

「はい」

クリスティーンは胸をぐっと張り、しずしずと控え室を出る。扉の向こうには、アーノルド公爵とアボット伯爵が立っていた。

「おめでとう、我が孫娘よ」

アボット伯爵は目を細めてそう言うと、一歩後ろに下がった。そしてアーノルド公爵が、少し緊張の面持ちで右腕を曲げた。花嫁の父として、聖堂の祭壇までクリスティーンをエスコートするのだ。

「では行こうか、クリス」

「はい、お父様」

二人は並んで粛々と歩き出す。

祭壇に出る扉の前で立ち止まると、中から荘厳なパイプオルガンの曲が流れてくる。従者二人が恭しく扉を左右に開けた。

ステンドグラスに彩られた高い天井、聖堂中を埋め尽くした、国内外から招待された賓客たち、そして、客席の中央を祭壇に向かって真っ赤な絨毯が敷かれている。そして、祭壇の前には司祭と、純白の礼装に身を包んだイライアスが姿勢よく立っていた。

祭壇前に向かって父と娘は一歩一歩進んでいく。

アーノルド公爵が小声でささやく。

「お前とイライアスを育てられて、私たちはほんとうに幸せだったよ」

「お父様」

クリスティーンは喉まで込み上げるものがあった。ヴェール越しに、クリスティーンは顔を振り向けた。アーノルド公爵が悪戯っぽくウィンクした。

「まさか、国王陛下夫妻の親になるとは、思わなかったがね」

「ふふっ……」

父娘は愛情を込めて見つめ合った。

祭壇の前まで辿り着くと、イライアスが右手を差し伸べる。アーノルド公爵はイライアスにクリスティーンの手を預けた。

イライアスがにっこりと微笑んだ。眩しいほど美麗で輝いている。

「美しいよ、私のクリス。世界一の花嫁姿だ」

彼の低く滑らかな美声がささやく。

クリスティーンは胸がいっぱいになり、ただうなずくだけだった。

ここまで辿り着くのに、とても長い時間がかかったような気がする。二百年後の世界に生きた少女の記憶があるから、余計にそう思えるのだろうか。だがこの頃では、未来の記憶は現在の記憶が積み重なり、随分とぼやけて曖昧になってきた。

でも、それでいいと思う。

これからは、愛するイライアスと共にまだ知らぬ未来を作っていけばいい。そのほうが、ずっと素敵だ。

そして、その未来はいつか二百年後に生まれる少女の人生を、もっと素晴らしいものに変えていくかもしれない。いやきっとそうなると、信じよう。

「では夫婦の誓約を交わします」

司祭の声に、二人は背筋を伸ばし、並んで祭壇の前に立った。

国王夫妻になった二人は、力を合わせて国の発展に尽くした。

王妃は植物、特に農作物に造詣が深く、様々な農作物の改良に力を注いだ。その結果、グッドフェロー王国は年毎に、農作物の生産量を伸ばしていった。

もはやこの国が飢餓に苦しむことは皆無になった。

国王夫妻は健やかな三男四女の子宝に恵まれ、後世に「英雄王」と呼びならわされるイライアスの血筋は、王家に脈々と受け継がれていったのである。

あとがき

こんにちは、すずね凜《りん》です。

「義兄がヤンデレ王太子になってどこまでも追いかけてきます」は、いかがでしたか？

今回は兄妹同然に育った二人が、互いの恋愛感情を隠しながら、さまざまな困難を乗り越えて、愛を成就させていくお話です。

とはいえ、ヒーローはかなり最初のほうからヒロインへの愛がダダ漏れているのですが。作者の私も、「ヒロインはよ気づけや！」とじれじれしながら書き進めておりました。皆様もじれじれしながら読んでくださいね。

春爛漫という感じの美しい表紙絵や挿絵を描いていただいた氷堂《ひどう》れん先生に、感謝感激です。

担当編集さん、いつもありがとうございます。

そして、読者の皆様に最大級の御礼を申し上げます！

義兄がヤンデレ王太子になって
どこまでも追いかけてきます

Vanilla文庫

2025年4月20日　第1刷発行　定価はカバーに表示してあります

著　者　すずね凜　©RIN SUZUNE 2025
装　画　氷堂れん
発行人　鈴木幸辰
発行所　株式会社ハーパーコリンズ・ジャパン
東京都千代田区大手町1-5-1
電話　04-2951-2000（営業）
0570-008091（読者サービス係）
印刷・製本　中央精版印刷株式会社

Printed in Japan ©KK HarperCollins Japan 2025　ISBN978-4-596-72931-6